일본문학 컬렉션 06

안녕, 나의 그대

일본문학 컬렉션 **06**

안녕,
나의 그대

다니자키 준이치로·아쿠타가와 류노스케·다자이 오사무
고사카이 후보쿠·나카지마 아쓰시·오카모토 가노코·이토 사치오 지음

안영신·박은정·서홍 옮김

작가와비평

차례

다니자키 준이치로

문신

박은정 옮김

다니자키 준이치로(谷崎潤一郎 1886~1965)

일본의 대표적인 탐미주의 작가이다. 1910년 발표된 그의 등단작 「문신」은 다니자키 성애 문학의 표징과도 같은 '발 페티시즘'의 출발을 알리는 소설이다. 치정을 주제로 한 통속적인 작품과 문체 및 형식의 예술성을 높은 수준으로 융화시킨 순문학 작품이다. 그는 미스터리와 서스펜스의 선구적인 작품 등 다양한 장르의 소설을 발표하였다. 「바보의 사랑」, 「슌킨 이야기」, 「세설」 등의 대표작을 남긴 그는 1949년 문화훈장을 받았으며 '누구도 이룰 수 없었던 예술의 한 방면을 개척한 성공자'라는 평가를 받고 있다.

문신

그 시절, 사람들은 여전히 '어리석음'을 고귀한 미덕으로 여겼기에 지금처럼 세상이 심하게 삐걱거리지는 않았다. 영주님이나 젊은 도련님의 한가로운 얼굴이 찌푸려지지 않도록, 시녀나 고급창부들의 웃음소리가 끊이지 않도록, 말 많은 차보즈*라든지, 연회나 술자리에서 흥을 돋우는 호칸이라는 직업이 버젓이 자리 잡던 태평스러운 세상이었다. 온나사다쿠로, 온나지라이야, 온나나루카미가 나오는 가부키 작품이나 삽화가 그려진 소

---

* 에도의 성안 다실을 담당하며 찻물이나 급사 등의 일을 맡은 사람. 혹은 권력자에게 아첨하는 자를 매도해서 부르기도 한다.

설 구사조시에도 나오는 것처럼 아름다운 사람은 전부 다 강자였고 추한 사람은 죄다 약자였다. 누구나 아름다워지려고 애쓰다 보니 결국에는 타고난 몸에 색을 입히는 지경에 이르렀다. 짙은 향기, 현란한 선과 색이 사람들의 살갗 위에서 요동쳤다.

유곽을 드나드는 손님들은 화려한 문신을 새긴 가마꾼의 마차를 골라서 타곤 했다. 에도 막부가 공인한 유곽 요시와라나 후카가와에 있는 요정(料亭) 다쓰미의 여인들도 아름다운 문신이 있는 남자들한테 푹 빠져 있었다. 노름꾼, 도비*는 물론, 마을에서는 드물게 사무라이들까지 문신을 새겼던 것이다. 이따금 료고쿠에서 개최되는 문신대회에서는 참가자들이 자신의 피부를 두드리며 기발한 모양의 문신을 서로 자랑하고 평가도 했다.

세이키치는 꽤 재능 있는 젊은 문신사였다. 아사쿠사의 자리몬이나 마쓰시마초의 야쓰헤이 그리고 곤콘지로 등에도 뒤지지 않는 명인으로 칭송을 받았다. 수많은 사람들의 살갗이 그의 붓 아래에서 화폭처럼 펼쳐졌다. 문신대회에서 호평을 받은 대부분의 문신이 그의 손에서

---

* 토목과 건축 노무자로 화재 시에는 소방대원으로 활약.

나온 것이다. 다루마 긴은 보카시보리라는 선염(음영)문신으로 유명했고, 가라쿠사 곤타는 붉은색 문신인 슈보리의 명수로 칭송받았으며, 세이키치 또한 기발한 구도와 요염한 선으로 그 이름을 알렸다.

원래 세이키치는 구니사다*의 화풍을 잇는 우키요에** 화가 출신이었다. 비록 문신사로 전락했지만 세이키치는 화공다운 양심과 예민한 감각이 여전히 살아있었다. 그의 마음을 사로잡을 매혹적인 피부와 골격을 가진 사람이 아니면 그에게서 문신을 받을 수 없었다. 어렵게 그에게 문신을 받게 되더라도 구성과 비용 등 모든 걸 그가 원하는 대로 해야만 했고, 참기 힘든 바늘 끝의 고통을 한 달 혹은 두 달 동안 견뎌내야만 했다.

이 젊은 문신사는 남모르는 쾌락과 숙원을 숨기고 있었다. 바늘에 찔린 살갖이 피를 머금고 진홍색으로 부풀어 오르면 통증이 너무 심해 어지간한 남자들도 신음소리를 내지 않을 수 없었다. 그런데 그 신음소리가 커지면 커질수록 왠지 그는 말할 수 없는 쾌감을 느꼈던 것이다.

---

* 에도 후기의 풍속화가. 구니사다는 도요쿠니의 수제자로 미인화, 풍경화 등을 남겼다.
** 에도시대에 성행한 유녀나 연극을 다룬 풍속화.

그는 문신 중에서도 가장 아프다는 붉은색 문신과 선염 기법의 문신을 특히 좋아했다. 문신을 하려면 하루 평균 오륙백 개의 바늘에 찔려야 한다. 그리고 아름다운 색상을 만들기 위해 몸을 물에 담가야만 하는데 이 과정을 마친 사람들은 거의 반죽음 상태로 세이키치 발밑에 쓰러진 채 한동안 꼼짝도 할 수 없게 된다. 세이키치는 그런 비참한 모습을 냉정하게 지켜보면서 "많이 아프시죠."라며 의미심장하게 웃는다.

반쯤 넋이 나간 남자가 마치 임종의 고통이라도 겪는 듯 입술을 일그러트린 채 이를 악물고 끙끙거리며 비명을 지르고 있으면 그는 이렇게 말했다.

"에도 사나이잖소. 좀 참으시게나. 내 바늘이 꽤 아프거든."

그는 눈물이 글썽한 남자의 얼굴을 힐끗 쳐다보고는 아랑곳하지 않고 찔러댔다. 또한 참기 어려운 통증에도 마음을 다잡고 눈썹 하나 찡그리지 않고 잘 참는 자에게는, 이렇게 말했다.

"음, 자네는 겉모습과는 달리 잘 참는군. 하지만 이제 슬슬 아프기 시작할게요. 그러면 이러지도 저러지도 못하게 될 걸."

그는 하얀 이를 드러내며 웃었다.

그의 오랜 숙원은 아름다운 미녀의 찬란한 피부에 자신의 영혼을 새겨 넣는 일이었다. 하지만 단순히 아름다운 얼굴과 아름다운 피부만으로는 만족할 수 없었다. 에도 전역의 홍등가에서 이름을 날리던 여자란 여자는 죄다 찾아봤지만, 그의 마음을 사로잡을 만한 그윽함과 분위기를 찾기란 쉽지 않았다. 그는 아직 만나지 못한 누군가의 모습을 마음에 그리며 3, 4년 동안 덧없이 시간을 보내면서도 그 소망을 버리지 않고 있었다.

정확히 4년째 되는 어느 여름날 저녁이었다. 우연히 후카가와의 요정 히라세이 앞을 지나다가 문득 문 앞에서 대기하고 있던 가마에 드려진 가리개 그림자 사이로 새하얀 여자의 맨발이 나와 있는 걸 보았다. 예리한 그는 인간의 발에도 얼굴만큼이나 복잡한 표정이 있다는 것을 알고 있었다. 그녀의 발은 고귀한 살로 만들어진 보물이었다. 엄지발가락에서 새끼발가락으로 이어지는 섬세한 다섯 발가락의 정돈된 모습, 에노시마의 해변에서나 볼 수 있는 선홍빛 조개 못지않은 발톱의 빛깔, 구슬처럼 동그란 뒤꿈치, 맑고 차가운 바위틈의 물로 끊임없이 발을 씻는 건 아닐까 싶을 정도로 윤기가 흐르는 피부. 그 발이야말로 언젠가 남자의 고혈로 통통하게 살이 오르고 남자의 몸을 짓밟아버릴 발이었다. 그런 발을 가진 여인을 그는 오랫동안 찾고 있었던 것이다. 세이키치는 두근거리는 가슴을 억누르며 그녀의 얼굴을 보려고 이삼백 미터나 가마를 쫓아갔지만 가마는 그림자도 보이지 않았다.

세이키치의 동경은 어느새 격렬한 사랑으로 변해 갔다. 그로부터 5년째가 되던 늦봄 어느 날 아침이었다. 그는 후카가와의 사가초에 있는 자신의 거처에서 이쑤시개를 입에 문 채 오래된 툇마루 위에서 만년청 화분을 바라보고 있었다. 그런데 마당의 쪽문을 여는 소리가 들리더니 울타리 그림자 사이로 이제까지 한 번도 본 적이 없는 소녀가 들어왔다.

세이키치가 자주 다니던 유곽 다쓰미의 게이샤가 보낸 아이였다.

"저희 아가씨가 이 하오리*를 선생님께 드리고, 안감에 그림을 그려달라고 하셔서요......"

---

* 여성들이 입는 짧은 겉옷.

소녀는 울금색 보자기를 풀더니 이와이 도자쿠*의 얼굴이 그려진 포장지에 싸여 있는 하오리와 편지 한 통을 꺼냈다.

거기엔 하오리를 잘 부탁한다는 내용이 적혀 있었다. 그리고 심부름 보낸 아이가 조만간 자신을 따라 연회에 나가야 하니, 그 아이를 특별히 신경 써 달라는 내용이었다.

"처음 보는 얼굴인데. 이곳에 온 지 얼마 안 되었구나!"

세이키치는 소녀의 모습을 찬찬히 뜯어봤다. 나이는 열예닐곱 정도로 보이지만 얼굴은 오랜 세월 유곽에서 남자들의 영혼을 뒤흔들었을 법한 농염함을 갖고 있었다. 온 나라의 죄와 재물이 흘러드는 도읍지에서 수십 년 전부터 환생과 죽음을 맞이하는 아름다운 남녀의 꿈속에서나 볼 수 있는 미모였다.

"작년 6월경 히라세이에서 가마를 타고 간 적이 있지 않니?"

그는 그렇게 물으면서 소녀를 툇마루에 앉히고 빈고 오모테**의 다다미 위에 올려놓은 섬세하고 아름다운 소

---

* 에도 시대의 가부키 배우로 주로 여자 역할을 맡았다.
** 비고(빈고) 지방에서 만들어진 최상의 다다미.

녀의 맨발을 자세하게 들여다봤다.

"아, 네. 그 즈음이라면, 아버지가 아직 돌아가시기 전이었으니까, 히라세이에도 자주 드나들었어요."

소녀는 기묘한 질문에 웃으며 대답했다.

"햇수로 5년이구나. 나는 지금까지 널 기다리고 있었다. 얼굴을 보는 건 처음이지만, 네 발은 기억하고 있단다. 너에게 보여주고 싶은 게 있으니 들어와서 천천히 놀다 가거라."

세이키치는 인사만 하고 돌아가려던 소녀의 손을 붙잡고 큰 강이 내려다보이는 2층 방으로 안내한 뒤 두루마리 두 개를 꺼내 그중 하나를 소녀 앞에 펼쳐놓았다. 옛 폭군 주왕*이 총애한 왕비 말희를 그린 그림이었다. 말희는 유리와 산호를 아로새긴 금관의 무게를 견디지 못해 가냘픈 몸을 난간에 기대고 있었다. 비단 치맛자락을 계단 중간까지 늘어뜨리고 오른손에는 술잔을 기울이며 곧 정원에서 처형당할 희생양 남자를 바라보는 왕비의 모습과, 기둥 쇠사슬에 사지가 묶인 채 자신의 운명

---

* 중국 은나라의 마지막 임금. 지혜와 체력이 뛰어났으나, 주색을 일삼고 포학한 정치를 하여 인심을 잃고 주나라 무왕에게 살해되었다.

을 기다리며 왕비 앞에 고개를 떨군 남자의 표정이 매우 정교하게 그려져 있었다.

소녀는 한동안 이 기괴한 그림을 바라보다가, 자신도 모르게 눈빛이 변하더니 입술을 부들부들 떨었다. 신기하게도 소녀의 얼굴이 점점 왕비의 얼굴과 닮아가고 있었다. 소녀는 그림 속에 있는 자신의 진짜 모습을 발견한 것이다.

"이 그림에 네 마음이 담겨 있구나."

세이키치는 기분 좋게 웃으며 소녀의 얼굴을 바라봤다.

"왜 이렇게 무서운 그림을 제게 보여주시는 건가요?"

소녀는 창백한 얼굴로 말했다.

"이 그림의 여자가 너로구나. 이 여자의 피가 네 몸에 섞여 있는 게야."

그는 또 다른 한 폭의 그림을 펼쳤다.

그것은 <비료>라는 제목의 그림이었다. 벚나무에 기대선 젊은 여자가 발밑에 쓰러져 있는 수많은 남자들의 시체를 바라보고 있었다. 여인의 주변을 날아다니며 승리의 찬가를 부르는 작은 새의 무리, 여인의 눈동자에는 억누를 수 없는 자부심과 환희의 빛이 넘쳐흘렀다. 이것은 전투의 흔적인가, 봄날 정원의 풍경인가? 그림을 바라본 소녀는 자신의 마음 깊은 곳에 숨겨져 있던 무언가를 깨닫게 되었다.

"이건 너의 미래를 그린 것이다. 여기에 쓰러져 있는 사람들은 모두 너를 위해 목숨을 바칠 게다."

세이키치는 소녀의 얼굴과 조금도 다르지 않은 그림 속 여자를 가리켰다.

"제발 부탁이니까, 이제 그 그림 좀 치워 주십시오."

소녀는 유혹을 피하기라도 하듯 그림을 등지고 바닥에 엎드렸지만, 이윽고 다시 입술을 부르르 떨었다.

"고백할게요. 나리가 짐작하셨듯이 저는 그림의 여인과 비슷한 것 같습니다. 그러니까 이제 제발 치워 주세요."

"그런 약한 소리는 하지 말고 이 그림을 더 자세히 보려무나. 그러면 두렵지 않을게다."

세이키치의 얼굴에는 여느 때와 마찬가지로 짓궂은 웃음이 감돌고 있었다.

그러나 소녀는 쉽게 머리를 들지 못했다. 옷소매로 얼굴을 가린 채 한참 동안 고개를 숙이고 있었다.

"나리, 제발 절 보내 주세요. 이곳에 있는 게 너무 무서워요."

몇 번이나 같은 말을 되풀이했다.

"기다리거라. 내가 너를 최고의 여인으로 만들어 줄 테니."

세이키치는 태연하게 소녀의 곁으로 다가갔다. 그는 일찍이 네덜란드 의사로부터 받은 마취병을 몰래 숨기고 있었다.

화창한 햇볕이 강물로 내리쬐더니 작은 다다미방을 불태우듯 환하게 비췄다. 수면에서 반사되는 빛이 무심히 잠든 소녀의 얼굴과 장지문에 황금빛 파문을 그리며 흔들리고 있었다. 방문을 닫고 문신 도구를 손에 든 세이키치는 한동안 황홀한 표정으로 앉아 있었다. 그는 이제야 비로소 여자의 아름다운 자태를 자세히 바라볼 수 있었다. 움직임 없는 소녀의 얼굴을 십 년이고 백 년이고 이렇게 바라보고 있어도 질리지 않을 것 같았다. 고대 멤피스 백성들이 이집트를 장엄한 피라미드와 스핑크스로 장식했듯 세이키치는 깨끗한 그녀의 피부를 자신의 사랑으로 물들이려고 하는 것이다.

이윽고 그는 왼손 새끼손가락과 약지, 엄지 사이에 붓을 끼우고 소녀의 등에 그림을 그린 다음 오른손으로 바늘을 찔렀다. 젊은 문신사의 영혼이 먹물에 녹아 피부로 스며들었다. 소주에 섞여 있는 붉은 빛은 그의 생명의 물방울이었다. 그는 거기서 자신의 영혼의 빛깔을 보았다.

어느덧 점심시간도 지나고 화창한 봄볕이 차츰 사그라들고 있었지만, 세이키치의 손은 잠시도 멈추지 않았고 소녀도 잠에서 깨지 않았다. 소녀가 늦게까지 돌아오지 않자 마중 나온 하코야*도 돌려보냈다.

강 건너 도슈** 번주의 저택 위로 달이 떠오르고, 아름다운 달빛이 강변 일대의 집들로 흘러들기 시작했는데도 작업은 절반도 채 끝나지 않았다. 세이키치는 촛불을 켜고 무아지경으로 작업에 빠져 있었다.

한 방울의 색을 입히는 것도 그에게는 쉬운 기술이 아니었다. 바늘로 찌르고 뺄 때마다 매번 숨을 깊게 내쉬었고 마치 자신의 심장이 찔리는 것처럼 느껴졌다. 바늘 자국은 점차 거대한 무당거미의 형상을 갖추기 시작했고 날이 훤하게 밝아올 즈음엔 이 신기한 마성의 동물이 여덟 개의 다리를 뻗으면서 등 전체에 서려 있었다.

강을 오르내리는 배의 노 젓는 소리와 함께 날이 밝았

---

* 게이샤의 샤미센을 상자에 넣어 운반하고 게이샤와 동행하며 경비의 일도 맡는다.
** 도슈는 도사국의 다른 이름으로 도사견이 유명하다. 현재 고치 현에 위치.

다. 아침바람을 품은 흰 돛대 꼭대기의 안개 속에서 나카스(中洲), 하코자키(箱崎), 레간지마(靈岸島) 일대의 기와지붕이 반짝거릴 무렵이 되어서야 세이키치는 붓을 내려놓고 소녀의 등에 박힌 거미의 형상을 지켜보았다. 이 문신이야말로 그의 생명이었다. 작업을 끝내자 그의 마음은 공허해졌다.

두 사람의 그림자는 그대로 한동안 움직이지 않았다. 그리고 낮고 쉰 목소리가 방 안 가득 울려 퍼졌다.

"널 진정 아름다운 여자로 만들기 위해 문신 속에 내 영혼을 전부 쏟아부었다. 이제 이 나라에서 너보다 아름다운 여자는 없을 거다. 더 이상 너에겐 나약한 마음 따윈 남아 있지 않을 게야. 남자라는 남자가 모두 다 네 먹잇감이 될 테니까."

그 말이 통했는지 여자의 입술에서 희미한 신음소리가 새어 나왔다. 소녀는 차츰 의식을 회복했다. 무겁게 숨을 들이마시다가 힘겹게 내뱉는 어깻숨에 거미의 다리가 살아있는 것처럼 꿈틀거렸다.

"고통스러울 게다. 거미가 네 몸을 껴안고 있을 테니."

그 말을 듣고 소녀는 몽롱한 상태로 눈을 가늘게 떴다. 저녁 달빛이 빛을 발하듯 반짝거리는 눈동자가 남자의 얼굴에 비쳤다.

"나리, 빨리 제 등의 문신을 보여주세요. 당신의 영혼이 담긴 만큼 저는 분명히 아름다워졌겠죠."

소녀는 꿈꾸듯이 말했지만, 그 어조에는 날카로운 힘이 담겨 있었다.

"자, 이제 욕실에 가서 색을 입혀야지. 힘들겠지만 참아야 한다."

세이키치는 그녀의 귓가에 위로하듯 속삭였다.

"아름다워지기만 한다면야, 어떻게든 참아 볼게요."

소녀는 온몸의 통증을 참으며 애써 미소를 지었다.

"아, 더운물이 몸에 스며드니 너무 괴롭군요....... 나리, 제발 저를 이대로 놔두고 2층으로 가서 기다려 주세요. 이런 끔찍한 모습을 남자에게 보이고 싶진 않습니다."

소녀는 목욕한 후 몸을 닦지도 않고 위로하는 세이키치의 손을 뿌리쳤다. 욕실 바닥에 몸을 내던진 채 심한 고통 속에서 괴로워하며 신음했다. 정신이 나간 사람처럼 헝클어진 머리가 뺨에 달라붙었다. 여인의 등 뒤에 있는 거울에 새하얀 발바닥 두 개가 비치고 있었다.

더 이상 연약한 소녀가 아닌 여인의 모습에 세이키치

는 놀랐지만, 그녀의 말대로 혼자 2층에서 기다리고 있었다. 반시간쯤 지나서 젖은 머리를 양쪽으로 늘어뜨린 여인이 단정한 모습으로 올라왔는데 고통스러운 모습은 티끌만큼도 찾아볼 수 없었다. 그녀는 눈썹을 치켜세우고 난간에 기대어 저물어 가는 하늘을 우러러보았다.

"이 그림은 문신과 함께 너에게 줄 테니 가져가거라."

세이키치는 두루마리를 여인 앞에 내려놓았다.

"나리, 저는 이제 예전의 나약한 생각은 싹 잊었습니다."

'당신이 나의 첫 번째 먹잇감이 되겠군요.'

여인의 눈이 날카롭게 반짝였다. 그녀의 귀에 승리의 함성소리가 울려 퍼졌다.

"집에 가기 전에 한 번 더 그 문신을 보여다오."

세이키치가 말했다.

여자는 말없이 고개를 끄덕이며 옷을 벗었다. 때마침 아침 햇살이 문신에 비치며 여자의 등이 찬란하게 빛났다.

아쿠타가와 류노스케

가을
게사와 모리토

안영신 옮김

아쿠타가와 류노스케(芥川竜之介 1892~1927)

1892년 도쿄에서 출생한 아쿠타가와 류노스케는 14년의 창작활동 기간 동안 동서고금을 넘나드는 다양한 소재로 많은 단편소설을 남겼다. 도쿄제국대학 영문과에 재학 중이던 1914년 단편 「노년」으로 데뷔하였으나 문단의 관심을 받지 못했다. 무명의 문학청년이었던 그는 1916년 발표한 「코」가 나쓰메 소세키의 격찬을 받으면서 다이쇼 문단에서 활약하게 된다. 인간의 내면에 대한 깊은 응시와 날카로운 현실 풍자, 특유의 유머와 재치가 담긴 작품들은 현대를 사는 우리에게 깊은 울림을 준다. '그저 막연한 불안'을 이유로 35년의 짧은 생을 스스로 마감한 아쿠타가와의 죽음은 시대적 불안과 다이쇼문학의 종언으로 받아들여지면서 당시 일본사회에 큰 충격을 주었다. 그가 떠나고 8년 후인 1935년, 친구였던 기쿠치 칸은 아쿠타가와의 업적을 기려 '아쿠타가와 상'을 제정하였다.

가을

1

노부코는 재주가 많아서 여자대학에 다닐 때부터 유명했다. 그녀가 조만간 작가로 등단할 거라는 사실을 아무도 의심하지 않았고 재학 중에 이미 원고지 삼백 장짜리 자전적 소설을 썼다고 떠들고 다니는 사람도 있었다. 하지만 막상 대학을 졸업한 노부코는 마음이 착잡했다. 아직 학교에 다니는 여동생 데루코와 지금까지 홀로 자매를 키워온 어머니 앞에서 자신의 고집만 부릴 순 없었던 것이다. 그래서 창작활동을 시작하기 전에 그녀는 일단 남들처럼 결혼부터 해야만 했다.

그녀에게는 슌키치라는 사촌 오빠가 있었다. 대학 문과에 재학 중인 그는 노부코와 마찬가지로 작가가 되려고 했다. 노부코는 이 대학생 사촌 오빠와 예전부터 가깝게 지냈다. 서로에게 문학이라는 공통의 화제가 생기고 나서는 더 친해졌다. 다만 그는 노부코와 달리 당시 유행하던 톨스토이즘 따위는 추종하지 않았다. 프랑스문학의 영향을 받아 줄곧 냉소적인 말만 늘어놓았다. 그런 슌키치의 태도는 이따금 진지한 노부코를 화나게 만들기도 했다. 하지만 그녀는 화를 내면서도 슌키치의 냉소적인 말 속에 경멸할 수 없는 뭔가 깊은 뜻이 숨어 있다는 생각이 들었다.

노부코는 재학 중에도 그와 함께 종종 전시회나 음악회에 가곤 했다. 그럴 때는 대부분 데루코도 함께였다. 세 사람은 갈 때도 돌아올 때도 스스럼없이 웃으며 이야기를 나누었는데 가끔씩 데루코가 대화에 끼지 못할 때도 있었다. 그래도 데루코는 천진난만하게 쇼윈도 안의 양산이나 실크 스카프를 구경하며 걸었고 자신이 소외되는 걸 딱히 불만스러워 하는 것 같진 않았다. 그럴 때면 노부코는 곧바로 화제를 돌려 다시 동생에게 말을 걸곤 했다. 그러면서도 데루코의 존재를 잊어버리는 건 항상 노부코 자신이었다. 슌키치는 모든 일에 무관심한 건지 계속 시니컬한 농담만 던지며 혼잡한 거리의 인파 속을 성큼성큼 걸었다.

노부코와 사촌 오빠 사이는 누가 봐도 결혼을 예상하기에 충분했다. 동창들은 그녀를 부러워하거나 질투했다. 특히 슌키치를 모르는 사람은(우스꽝스러운 일이지만) 한층 더 심했다. 노부코는 그들의 추측을 일축하면서도 한편으로는 그것이 마치 기정사실인 것처럼 일부러 넌지시 내비치기도 했다. 따라서 동창들의 머릿속에는 학교를 졸업하기도 전에 어느새 그녀와 슌키치의 모습이 신랑신부의 사진처럼 또렷이 각인되어 있었다.

그런데 뜻밖에도 노부코는 학교를 졸업하자 갑자기 다른 남자와 결혼을 해버렸다. 상대는 고등상업학교를 졸업하고 오사카의 상사에 근무하는 청년이었다. 그리고 결혼식을 올린 뒤 곧바로 남편의 직장이 있는 오사카로 함께 떠나 버렸다. 그날 중앙 정거장에 배웅하러 갔던 사람들은 노부코가 평소와 다름없이 환하게 웃으며 울먹이는 데루코를 위로했다고 말했다.

동창들은 모두 이상하게 여겼다. 묘하게도 그들의 마음속에는 기쁜 감정과 함께 이전과는 전혀 다른 의미의 질투심이 섞여 있었다. 어떤 사람은 그녀를 신뢰하며 모든 게 어머니의 뜻이었을 거라고 했다. 또 어떤 이는 그녀의 마음이 변한 탓이라고 말했다. 하지만 그런 해석이 결국 상상에 불과하다는 것을 본인들도 모르진 않았다. 그녀는 왜 슌키치와 결혼하지 않은 걸까? 이후 한동안 그들은 모였다 하면 무슨 중요한 일이라도 되는 듯 항상 이 얘기를 화제로 삼았다. 하지만 두어 달쯤 후엔 그들도 완전히 노부코를 잊어버렸다. 물론 그녀가 썼다던 장편소설에 대한 소문까지도.

노부코는 오사카 교외에 행복해 보이는 새 가정을 꾸렸다. 신혼부부의 집은 부근에서도 가장 한적한 소나무 숲에 있었다. 새로 마련한 이층짜리 셋집에는 남편이 없을 때면 언제나 송진 냄새와 햇빛 그리고 살아 있는 침묵이 가득했다. 노부코는 그런 쓸쓸한 오후가 되면 이따금 이유 없이 기분이 가라앉곤 했다. 그럴 때면 항상 반짇고리 서랍을 열고 분홍색 편지를 꺼내 펼쳐 보았다. 거기에는 이런 내용이 적혀 있었다.

이제 오늘이 지나면 언니와 헤어져야 한다고 생각하니 이 글을 쓰는 동안에도 하염없이 눈물이 흐르고 있어.

언니, 부디, 부디 나를 용서해 줘. 나는 언니의 안타까운 희생에 대해 무슨 말을 해야 할지 모르겠어. 언니는 나를 위해 이번 혼담을 받아들인 거겠지. 아니라고 해도 나는 다 알고 있어. 언젠가 함께 극장에 갔던 날 밤, 언니가 나한테 슌키치 오빠를 좋아하냐고 물어봤잖아. 그리고 또 좋아한다면 언니가 힘써줄 테니까 슌키치 오빠한테 시집가라고 했어. 그때 이미 언니는 내가 슌키치 오빠에게 주려고 했던 편지를 읽었던 거야. 그 편지가 없어졌을 때 난 정말 언니가 원망스러웠어(미안해. 그 일만으로도 나는 얼마나 미안한지 모르겠어). 그러니까 그날 밤에는 언니의 다정한 말도 내겐 빈정거리는 것처럼 들렸어. 화가 나서 내가 대답도 제대로 하지 않았던 걸 언니도 기억할 거야. 하지만 그로부터 이삼일이 지나 갑자기 언니의 결혼이 결정되어 버렸을 때 나는 정말이지 죽어서라도 사죄를 해야겠다고 생각했어. 언니도 슌키치 오빠를 좋아하잖아(숨겨도 소용없어. 나는 다 알고 있으니까). 나만 아니었다면 틀림없이 언니는 슌키치 오빠한테 시집갔을 거야. 그런데도 언니는 나에게 슌키치 오빠를 특별하게 생각하지 않는다고 몇 번이나 말했어. 결국 언니는 그렇게 마음에도 없는 결혼을 해버린 거야. 내 소중한 언니. 내가 오늘 닭을 안고서 언니에게 인사를 하라고 했던 거 기억해? 내가 기르던 닭도 함께 언니에게 용서를 빌게 하고 싶었어. 그랬더니 아무것도 모르는 어머니마저 눈물을 훔치셨지.

언니, 이제 내일이면 오사카로 떠나겠지. 하지만 제발 언제까지고 언니의 동생 데루코를 버리지 말아줘. 나는 매일 아침 닭에게 모이를 주면서 언니 생각에 남몰래 울고 있어.

노부코는 소녀 같은 이 편지를 읽을 때마다 항상 눈물이 고였다. 특히 중앙 정거장에서 기차를 타려는 순간 슬쩍 이 편지를 건네주던 데루코의 모습을 떠올리면 너무나 애처로운 마음이었다. 그런데 그녀의 결혼은 동생의 예상대로 과연 희생적인 것이었을까. 눈물을 흘리고 나면 이런 의심이 그녀를 더욱 울적하게 만들었다. 노부코는 무거운 마음에서 벗어나려고 가만히 기분 좋은 감상에 잠기곤 했다. 소나무 숲에 쏟아지던 햇빛이 점점 해질 녘 노을빛으로 변해가는 걸 바라보면서.

2

결혼 후 그럭저럭 3개월 동안은 그들도 여느 신혼부부처럼 행복한 나날을 보냈다. 남편은 약간 여성스러운 면이 있는 데다 말수가 적은 사람이었다. 회사에서 돌아오면 저녁을 먹고 몇 시간은 반드시 아내와 함께 보냈다. 노부코는 뜨개질을 하면서 요즘 인기 있는 소설이나 희곡 이야기를 했다. 그 가운데는 기독교 냄새가 나는 여대생 취향의 인생관이 담겨 있는 것도 있었다. 남편은 저녁 반주로 불그레해진 얼굴로 읽던 석간을 무릎에 올려놓고 신기하다는 듯이 귀를 기울였다. 하지만 자신의 의견 같은 걸 덧붙인 적은 한 번도 없었다.

그들은 또 일요일이면 오사카 시내나 근교 유원지에서 즐거운 시간을 보냈다. 기차나 전차를 탈 때마다 노부코는 아무데서나 거리낌 없이 음식을 먹는 간사이 지방 사람들을 보고 너무 교양이 없다고 생각했다. 거기에 비해 남편은 훨씬 점잖고 고상해 보여서 흐뭇했다. 그런 사람들 사이에 섞여 있는 단정한 모습의 남편을 보고 있으면 실제로 모자며 양복이며 목이 긴 붉은 가죽 구두에서도 화장비누 냄새 같은 산뜻한 분위기가 느껴졌다. 특히 마이코(舞子)로 여름휴가를 갔다가 남편의 동료들과 우연히 만났을 때도 그들과 대비되는 남편이 한층 더 자랑스러웠다. 하지만 남편은 신기하게도 교양 없게 행동하는 동료들과도 친하게 지내는 것 같았다.

그러는 사이 노부코는 오랫동안 잊고 있던 창작을 떠올리게 되었다. 그래서 남편이 없는 동안에만 한두 시간씩 책상 앞에 앉기로 했다. 남편은 그 말을 듣고 입가에 부드러운 미소를 지으며 말했다.

"드디어 여류작가가 되는 건가."

하지만 책상 앞에 앉아도 생각만큼 글이 써지진 않았다. 그녀는 멍하니 턱을 괴고 앉아서 뙤약볕이 내리쬐는 소나무 숲의 매미소리에 귀를 기울이고 있는 자신을 발견하곤 했다.

그런데 늦더위가 물러가고 초가을로 접어들 무렵의 어느 날이었다. 출근 준비를 하던 남편이 땀으로 얼룩진 옷깃을 갈아 끼우려고 했지만 공교롭게도 옷깃은 모두 세탁소에 보낸 상태였다. 깔끔한 성격이었던 만큼 남편의 표정이 어두워졌다. 그리고 바지의 멜빵을 걸치면서 평소와 달리 잔소리를 했다.

"소설만 쓰고 있으면 곤란하지."

노부코는 말없이 시선을 아래쪽으로 돌리고 윗옷의 먼지를 털어냈다.

그로부터 이삼 일이 지난 어느 날 밤이었다. 남편은 석간에 실린 식량 문제 얘기를 꺼내며 생활비를 좀 더 줄일 수 없냐고 했다.

"당신도 이젠 여학생이 아니잖아."

그런 말도 했다. 노부코는 기분이 별로 좋지 않았지만 알겠다고 대답하고 남편의 넥타이에 수를 놓고 있었다. 그런데 남편은 의외로 집요했다.

"그 넥타이만 해도 말이야. 사는 게 더 싸게 먹히지 않겠어?"

그녀는 더 이상 할 말이 없었다. 아무 반응이 없자 남편도 흥미를 잃었는지 시큰둥한 표정으로 잡지만 보고 있었다. 잠자리에 든 노부코는 침실의 전등을 끄고 나서 남편에게 등을 돌린 채 속삭이듯이 말했다.

"이제 소설 같은 건 안 쓸래요."

그래도 남편은 잠자코 있었다. 그녀는 아까보다 작은 소리로 같은 말을 되풀이했고 곧바로 울음소리가 새어 나왔다. 남편이 뭐라고 나무랐고 이후로도 간간히 흐느끼는 소리가 들렸다. 하지만 노부코는 어느새 남편한테 꼭 매달려 있었다.

다음날 그들은 다시 원래대로 사이좋은 부부로 돌아갔다.

그런데 요즘엔 12시가 넘어도 남편이 회사에서 돌아오지 않을 때가 종종 있었고 그런 날에는 비옷도 혼자 못 벗을 정도로 술에 취해 있었다. 노부코는 눈살을 찌푸리며 부지런히 남편의 옷을 갈아입혔다. 그런 와중에도 남편은 혀 꼬부라진 소리로 빈정거렸다.

"오늘밤엔 내가 없어서 소설 진도가 많이 나갔겠지?"

이런 말이 샌님 같은 그의 입에서 몇 번이나 흘러나왔다. 그날 밤 그녀는 잠자리에서 소리 없이 눈물을 흘리며 생각했다.

'이런 모습을 데루코가 봤다면 함께 울어 줬겠지. 데루코. 데루코. 내가 믿는 건 오직 너뿐이야.'

노부코는 남편의 술 냄새에 괴로워하며 밤새 한숨도 못자고 뒤척였다.

하지만 다음날이 되면 자연스럽게 원래대로 돌아갔다.

그런 일이 몇 번 반복되는 사이에 가을이 점점 깊어갔다. 이젠 노부코가 책상 앞에 앉아 펜을 잡는 일도 드물어졌다. 남편도 그녀의 문학 이야기에 예전만큼 관심을 보이지 않았다. 그들은 밤마다 화로를 사이에 두고 소소한 집안 살림 이야기로 시간을 보내는 방법을 터득하기 시작했다. 저녁 반주 후의 남편에게는 이런 얘기가 가장 흥미로운 것 같았다. 그래도 노부코는 안쓰럽게도 가끔 남편의 눈치를 살필 때가 있었다. 하지만 아무것도 모르는 그는 요즘 기르고 있는 수염을 씹으면서 평소보다 쾌활하게 자신의 생각을 말했다.

"이제 아이라도 갖는 게……"

그 무렵부터 사촌오빠의 이름이 잡지에서 보이기 시작했다. 노부코는 결혼 후에 슌키치와의 편지 왕래를 끊은 상태였다. 다만 대학 문과를 졸업했다거나 동인잡지를 시작했다는 소식을 데루코가 편지로 전해줬을 뿐이다. 또 그 이상은 그에 대해 알고 싶다는 생각도 들지 않았다. 하지만 그의 소설이 잡지에 실려 있는 걸 보니 반가웠다. 그녀는 페이지를 넘기면서 몇 번이나 혼자 미소를 지었다. 역시나 슌키치는 소설 속에서도 냉소와 해학이라는 무기를 미야모토 무사시*의 검술처럼 사용하고 있

었다. 하지만 기분 탓인지 그 경쾌한 빈정거림에서 이전의 사촌오빠에게서는 보이지 않던 쓸쓸한 분위기가 느껴졌다. 동시에 그런 생각을 하는 것이 꺼림칙하게 여겨지기도 했다.

그 후 노부코는 남편에게 한층 다정하게 대했다. 남편은 추운 밤 기다란 목제 화로 건너편에서 밝게 웃고 있는 그녀의 얼굴을 보게 되었다. 그 얼굴은 예전보다 젊었고 항상 화장을 한 상태였다. 그녀는 바느질감을 펴면서 두 사람이 도쿄에서 결혼식을 올렸던 당시의 추억을 이야기하기도 했다. 남편은 노부코가 그때를 세세하게 기억하고 있는 게 의외였고 기쁘기도 했다.

"당신은 그런 것까지 잘도 기억하는군."

남편이 이렇게 놀리면 노부코는 말없이 눈웃음만 지었다. 하지만 왜 그렇게 자세히 기억하는지 그녀 자신도 신기하게 여겨질 때가 종종 있었다.

그리고 얼마 지나지 않아 동생의 약혼 소식을 전하는 어머니의 편지가 도착했다. 그 편지에는 슌키치가 데루코를 아내로 맞이하기 위해 교외에 새집을 마련했다는 내용도 있었다. 그녀는 곧바로 어머니와 데루코에게 긴 축하 편지를 썼다.

"아무래도 저희는 일 때문에 결혼식 참석은 힘들겠지만……"

이렇게 글을 써내려가다가 (왜 그런지 알 수 없었지만) 펜이 잘 나가지 않는 일이 몇 차례 있었다. 그러면 그녀는 고개를 들고 바깥의 소나무 숲을 바라보았다. 소나무는 초겨울 하늘 아래 검푸르게 우거져 있었다.

그날 밤 노부코는 남편과 데루코의 결혼에 대해 이야기를 나누었다. 남편은 여느 때처럼 엷은 미소를 지으며 그녀가 동생의 말투를 흉내 내는 걸 재미있게 듣고 있었다. 하지만 노부코는 왠지 데루코 이야기를 자기 자신에게 들려주고 있다는 생각이 들었다.

"이제 잘까?"

두세 시간 뒤 남편은 부드러운 수염을 쓰다듬으며 피곤하다는 듯이 화로 앞을 떠났다. 동생에게 보낼 축하 선물을 아직 결정하지 못한 노부코는 부젓가락으로 화로의 재 위에 글자를 쓰다가 갑자기 고개를 들고 말했다.

"기분이 묘해요. 나에게 제부가 생긴다고 생각하니."

"당연한 거잖아. 여동생이 있으니까."

남편의 대답을 듣고도 그녀는 깊은 생각에 잠긴 눈빛으로 아무 말도 하지 않았다.

데루코와 슌키치는 섣달 중순에 결혼식을 올렸다. 그
날은 정오 무렵부터 눈발이 희끄무레하게 날리기 시작
했다. 홀로 점심식사를 마친 노부코의 입안에 생선 냄새
가 계속 남아 있었다.

'도쿄에도 지금 눈이 올까.'

그녀는 어둑한 거실의 목제 화로에 기대어 이런 생각
을 했다. 눈발이 점점 더 강해졌다. 하지만 입안의 비린내
는 끈질기게 사라지지 않았다.

3

이듬해 가을, 노부코는 회사 일로 출장을 가게 된 남편
과 함께 오랜만에 도쿄 땅을 밟았다. 하지만 짧은 일정에
할 일이 많았던 남편은 처가에 잠깐 얼굴을 내밀었을 뿐
아내를 데리고 외출할 기회가 거의 없었다. 그녀는 동생
부부의 교외 신혼집을 방문할 때도 신개발 지역 같은 전
차 종점에서 홀로 흔들리는 인력거를 타고 갔다.

그들의 집은 길이 파밭으로 바뀌는 지점 근처에 있었
다. 주변에는 셋집으로 보이는 신축 건물이 빽빽하게 들
어서 있었다. 처마가 있는 대문, 홍가시나무 울타리 그리

고 장대에 널어놓은 빨래, 집들마다 풍경이 똑같았다. 이런 평범한 모습에 노부코는 다소 실망했다.

하지만 그녀가 대문 앞에서 인기척을 내자 그 소리를 듣고 나온 사람은 뜻밖에도 사촌오빠였다.

"어. 이게 누구야."

슌키치는 이 귀한 손님의 얼굴을 보고는 예전처럼 쾌활하게 맞이했다. 그는 이제 짧은 밤송이머리가 아니었다.

"오랜만이에요."

"안으로 들어와. 지금은 나 혼자 있지만."

"데루코는? 집에 없어요?"

"심부름 갔어. 일하는 아이랑 같이."

노부코는 묘하게 부끄러움을 느끼며 화려한 안감이 들어있는 코트를 현관 구석에서 살며시 벗었다.

슌키치는 그녀를 서재 겸 거실로 안내했다. 방 안 어디를 둘러봐도 책들만 너저분하게 쌓여 있었다. 특히 오후 해가 비치는 장지문 쪽의 조그마한 자단 책상 옆에는 신문과 잡지, 원고용지가 손을 댈 수 없을 정도로 어지럽게 널려 있었다. 그 가운데 젊은 아내의 존재를 알려주는 것은 도코노마* 벽에 세워진 새 거문고뿐이었다. 노부코는 신기한 듯 그런 광경에서 한동안 눈을 떼지 못했다.

"온다는 얘긴 들었지만 오늘 올 줄은 몰랐어."

슌키치는 담배에 불을 붙이고 정말 반갑다는 눈빛을 보였다.

"어때? 오사카 생활은."

"오빠야말로 어떻게 지내세요? 행복해요?"

노부코도 몇 마디 나누는 사이에 예전의 반가움이 되살아나는 걸 느꼈다. 편지 왕래가 끊긴지도 2년이 지났기에 어색함은 있었지만 생각보다 신경 쓰이진 않았다.

두 사람은 화로에서 불을 쬐며 이런저런 이야기를 나눴다. 슌키치의 소설이나 지인들의 소식, 도쿄와 오사카와의 비교며 화젯거리는 끝이 없을 정도였다. 하지만 둘다 약속이라도 한듯 결혼생활에 대해선 언급하지 않았다. 노부코는 사촌간의 대화라는 느낌을 강하게 받았다.

이따금 두 사람 사이에 침묵이 찾아오기도 했다. 그럴 때마다 그녀는 미소를 띤 채 화로 쪽으로 시선을 옮겼다. 그녀는 알 수 없는 뭔가를 막연하게 기다리는 마음이었다. 그러면 고의인지 우연인지 슌키치가 곧바로 이야기

---

* 일본식 방의 상좌에 바닥을 한층 높게 만든 곳. 벽에는 족자를 걸고 바닥에는 꽃이나 장식물을 꾸며 놓는다.

를 꺼내서 그 마음을 깨뜨려 버렸다. 그녀는 차츰 사촌오빠의 얼굴을 살피지 않을 수 없었다. 하지만 그는 태연하게 담배 연기를 뿜으며 딱히 어색한 표정을 짓거나 하진 않았다.

그러는 사이에 데루코가 돌아왔다. 그녀는 언니의 얼굴을 보자 손을 맞잡으며 기뻐했다. 노부코도 입은 웃고 있었지만 눈에는 어느새 눈물이 맺혔다. 두 사람은 한동안 슌키치가 있다는 것도 잊은 채 서로의 안부를 묻느라 바빴다. 특히 데루코는 상기된 얼굴로 아직도 기르고 있는 닭에 대한 이야기까지 생동감 있게 들려주는 걸 잊지 않았다. 슌키치는 담배를 입에 문 채 흡족한 표정으로 두 사람을 바라보면서 계속 히죽히죽 웃었다.

그때 일하는 아이도 돌아왔고 그녀의 손에서 몇 장의 엽서를 받아든 슌키치는 얼른 옆에 있는 책상으로 가서 부지런히 펜을 움직이기 시작했다. 데루코는 일하는 아이까지 집을 비운 게 의외였던 모양이다.

"그럼 언니가 왔을 땐 집에 아무도 없었어?"

"응, 슌키치 오빠만 있었어."

노부코는 자신이 억지로 태연한 척하고 있는 것처럼 느껴졌다. 그러자 슌키치가 두 사람을 쳐다보지도 않고 말했다.

"남편한테 감사해. 그 차도 내가 끓인 거야."

데루코는 언니와 눈을 마주보며 장난스럽게 킥킥 웃었다. 하지만 남편에게는 일부러 그러는 건지 아무 대답도 하지 않았다.

잠시 후 노부코는 동생 부부와 함께 저녁 식탁에 둘러앉았다. 데루코의 설명에 따르면 상에 오른 달걀은 집에서 키우는 닭이 낳은 것이었다.

"인간의 삶은 약탈로 유지되는군. 이 작은 달걀부터."

슌키치는 노부코에게 포도주를 권하며 이런 식으로 사회주의 이론 같은 걸 늘어놓기도 했다. 그러면서도 세 사람 중에 달걀에 가장 애착을 보인 건 슌키치 자신이었다. 데루코는 그게 우습다며 어린아이처럼 웃었다. 노부코는 이런 식탁 분위기 속에서도 먼 소나무 숲 속에 있는 쓸쓸한 거실의 해질녘을 떠올리지 않을 수 없었다.

식사 후에 과일을 먹고 나서도 이야기는 끊이지 않았다. 조금 취한 슌키치는 긴 밤을 밝히는 전등 아래 책상다리를 하고 앉아서 그 특유의 궤변을 열심히 늘어놓았다. 활발히 오가는 이야기가 노부코를 다시 젊어지게 했다. 그녀는 열정적인 눈빛으로 말했다.

"나도 소설을 쓸까?"

그러자 사촌오빠는 대답 대신 구르몽*의 경구를 던졌다.

"뮤즈들은 여자이기 때문에 그들을 마음대로 사로잡는 자는 남자뿐이다."

노부코와 데루코는 동맹하여 구르몽의 권위를 인정하지 않았다.

"그럼 여자가 아니면 음악가가 될 수 없다는 건가? 아폴로는 남자 아닌가요?"

데루코는 진지하게 이런 말까지 했다.

그 사이에 밤이 깊어졌다. 노부코는 결국 하룻밤을 묵게 되었다.

자기 전에 슌키치는 잠옷 차림으로 툇마루 덧문을 열고 마당으로 나갔다. 그러더니 누구라고 지칭하지도 않고 말을 걸었다.

"좀 나와 봐. 달빛이 아주 좋아."

노부코는 그의 뒤를 따라 디딤돌 위에 놓인 게다를 신었다. 그녀의 맨발에 차가운 이슬이 느껴졌다.

정원 구석의 마른 노송나무 가지 끝에 달이 걸려 있었

---

* 프랑스의 비평가이자 소설가.

다. 사촌오빠는 그 노송나무 아래에 서서 달빛이 은은한 밤하늘을 바라보고 있었다.

"풀이 많이 자랐네요."

노부코는 황량한 정원이 기분 나쁜 듯 쭈뼛거리며 그가 있는 쪽으로 다가갔다. 하지만 그는 여전히 하늘을 바라보며 중얼거릴 뿐이었다.

"13일 밤인가?"

잠시 침묵이 흐른 뒤에 슌키치가 조용히 시선을 돌리더니 말했다.

"닭장에 가볼까?"

노부코는 입을 다문 채 고개를 끄덕였다. 닭장은 노송나무 반대편 마당 구석에 있었다. 두 사람은 그쪽으로 천천히 걸어갔다. 거적으로 둘러쳐진 그 안에서는 닭 냄새가 났고 어슴푸레한 빛과 그림자만 있었다. 슌키치는 닭장을 들여다보며 거의 혼잣말처럼 속삭였다.

"자고 있군."

'달걀을 인간에게 빼앗긴 닭이.'

노부코는 풀 속에 멈춰 선 채 그렇게 생각하지 않을 수 없었다.

두 사람이 정원에서 돌아올 즈음 데루코는 남편의 책

상 앞에서 멍하니 전등을 바라보고 있었다. 전등 갓 위에는 파란 번개매미 한 마리가 기어가고 있었다.

4

다음날 아침 슌키치는 단벌 양복을 입고 밥을 먹자마자 서둘러 현관으로 갔다. 친구가 세상을 떠난 지 일 년째 되는 날이라 추모하러 간다고 했다.

"괜찮지? 가지 말고 기다리고 있어. 정오 무렵까지는 꼭 돌아올 테니까."

그는 외투를 걸치며 노부코에게 말했다. 하지만 노부코는 가냘픈 손에 슌키치의 중절모를 들고서 말없이 미소만 지을 뿐이었다.

데루코는 남편을 배웅하고 언니를 화로 맞은편에 앉게 한 뒤 부지런히 차를 권했다. 옆집 부인 이야기, 방문 기자 이야기 그리고 슌키치와 외국 오페라 공연을 보러 간 이야기, 그 밖에도 유쾌한 화제가 그녀에게는 아직 많이 있는 것 같았다. 하지만 노부코의 마음은 가라앉아 있었다. 문득 정신을 차리고 보니 대충대충 대답만 하고 있는 자신이 거기에 있었다. 마침내 그런 모습을 알아차린 데루코가 언니의 얼굴을 쳐다보며 걱정스러운 듯 물었다.

"왜 그래?"

하지만 노부코 자신도 그 이유를 정확히 알 수 없었다.

벽시계가 10시를 알리자 노부코는 나른한 눈을 들고 말했다.

"오빠가 안 오네."

언니의 말에 데루코도 잠깐 시계를 쳐다봤지만 의외로 냉담한 대답이 돌아왔다.

"아직......"

노부코는 그 말에서 남편의 사랑에 만족해하는 새댁의 마음이 느껴졌다. 그러자 그녀는 기분이 우울해지지 않을 수 없었다.

"데루코는 행복하구나."

노부코는 옷깃에 턱을 묻으며 농담조로 중얼거렸다. 하지만 거기에 배어있는 부러움의 어조만큼은 감출 수 없었다.

"뭐라는 거야."

데루코는 밝은 미소를 지으며 흘겨보는 시늉을 했다. 그러고는 이내 어리광을 부리듯이 말했다.

"언니도 행복하면서."

그 말이 노부코의 마음을 때렸다.

"그렇게 생각해?"

그녀는 눈꺼풀을 조금 치켜들고 이렇게 되묻고는 곧바로 후회했다. 데루코는 한순간 묘한 표정으로 언니와 눈을 마주보았다. 그 얼굴에도 역시 숨길 수 없는 후회의 마음이 비치고 있었다. 노부코는 억지로 미소를 지었다.

"그렇게 생각해 주는 것만으로도 행복해."

두 사람 사이에 침묵이 흘렀다. 그들은 째깍거리는 벽시계 아래에서 무심결에 화로의 쇠 주전자 끓는 소리에 귀를 기울이고 있었다.

"그래도 형부는 다정하지 않아?"

이윽고 데루코가 작은 소리로 조심스럽게 물었다. 그 목소리에는 분명히 안쓰러운 듯한 울림이 담겨 있었다. 그 순간 노부코는 동생의 연민에 반발심을 느꼈다. 그녀는 신문을 무릎 위에 올려놓고 그곳에 시선을 떨어뜨린 채 일부러 아무런 대답도 하지 않았다. 신문에는 오사카와 마찬가지로 쌀값에 관한 기사가 실려 있었다.

잠시 후 고요한 거실에서 희미한 울음소리가 들리기 시작했다. 신문에서 눈을 뗀 노부코는 화로 건너편에서 소매에 얼굴을 묻고 있는 동생을 쳐다보았다.

"왜 울고 그래."

데루코는 언니의 위로에도 쉽사리 울음을 그치려 하지 않았다. 노부코는 잔인한 기쁨을 느끼며 잠시 말없이 동생의 떨리는 어깨를 바라보았다. 그러다가 일하는 아이가 신경 쓰이는 듯 나지막한 목소리로 말을 이어갔다.

"기분 나빴다면 사과할게. 나는 네가 행복하다면 더 이상 바랄 게 없어. 정말이야. 슌키치 오빠가 데루코를 사랑해 주기만 한다면……"

그녀의 목소리도 점점 흔들리며 감상적으로 되어갔다. 그러자 갑자기 데루코가 소매를 내리고 눈물에 젖어 있는 얼굴을 들었다. 뜻밖에도 그녀의 눈에서 슬픔은 보이지 않았다. 단지 참을 수 없는 질투의 감정으로 불타는 듯 눈동자가 이글거리고 있었다.

"그럼 언니는…… 언니는 왜 어젯밤에도……"

데루코는 말이 다 끝나기도 전에 다시 소맷자락에 얼굴을 묻고 발작하듯이 격하게 울기 시작했다.

두세 시간이 지난 후 노부코는 전차의 종점으로 가기 위해 덮개가 달린 인력거에 서둘러 몸을 실었다. 그녀의 눈에 비치는 바깥세상은 덮개의 앞부분을 오려낸 네모난 셀룰로이드 창뿐이었다. 그곳으로 변두리 느낌의 집들과 단풍이 물든 잡목 가지가 천천히 그리고 끊임없이 뒤로, 뒤로 흘러갔다. 만약 그 중에 하나라도 움직이지 않는 것이 있다면 그건 엷은 구름이 떠도는 차가운 가을 하늘뿐이었다.

그녀의 마음은 고요했다. 하지만 이 고요함을 지배하는 것은 쓸쓸한 체념이었다. 데루코의 발작이 있고 나서 두 사람은 눈물을 흘리며 화해를 했고 원래대로 사이좋은 자매로 돌아갔다. 하지만 그 사건은 노부코의 마음에서 떠나지 않았다. 그녀가 사촌 오빠의 귀가도 기다리지 않고 인력거에 몸을 실었을 때 이미 동생과는 영원히 타인이 된 듯했고, 그런 기분이 그녀의 가슴을 차갑게 얼어붙게 했던 것이다.

노부코는 문득 눈을 들었다. 그때 셀룰로이드 창으로 지저분한 마을을 걸어오는, 지팡이를 든 사촌 오빠의 모습이 보였다. 그녀의 마음은 동요했다. 인력거를 멈춰 세울까, 아니면 이대로 그냥 지나갈까. 그녀는 두근거리는 가슴을 누르며 잠시 인력거 덮개 아래에서 공허한 머뭇거림을 거듭하고 있었다. 그 사이에 금방 슌키치와 그녀의 거리가 가까워졌다. 그는 엷은 햇살을 받으며 웅덩이가 많은 길에서 천천히 발걸음을 옮기고 있었다.

'오빠'라는 소리가 순간적으로 노부코의 입술에서 새어나오려고 했다. 바로 그때 슌키치가 인력거 바로 옆으로 낯익은 모습을 드러냈다. 하지만 그녀는 또다시 망설였고 그러는 사이에 결국 그는 인력거를 지나쳐버렸다. 흐린 하늘, 드문드문 보이는 집들, 노랗게 물든 키 큰 나무들의 우듬지, 뒤쪽에는 여전히 인적이 드문 변두리 마을이 있을 뿐이었다.

'가을......'

노부코는 싸늘한 덮개 아래에서 온몸으로 쓸쓸함을 느끼며 마음속 깊이 이렇게 생각할 수밖에 없었다.

게사와 모리토

상

밤중에 모리토가 토담 밖에서 낙엽을 밟고 선 채로 환한 달을 바라보며 생각에 잠겨 있다.

그 독백

아, 벌써 달이 떴구나. 평소에는 달이 뜨기를 몹시 기다렸지만 오늘만큼은 밝아지는 게 두렵기만 하다. 이 밤이 지나면 지금까지의 내가 사라지고 살인자로 전락해 버릴 거라고 생각하니 가만히 있어도 몸이 떨려온다. 나의 두 손이 붉은 피로 물들었을 때를 상상해 본다. 그 순간 나 자신이 얼마나 저주스러울까. 게다가 내가 증오하는 상대를 죽이는 거라면 이렇게 괴롭지는 않을 텐데 오늘 밤 나는 미워하지도 않는 남자를 죽여야 한다.

나는 그 남자를 잘 알고 있다. 와타루 사에몬노조라는 이름은 이번에 알게 되었는데 남자치고는 너무 순해 보이는 하얀 그 얼굴을 처음 본 게 언제인지는 모르겠다. 그가 게사의 남편이라는 걸 알았을 때 잠시 질투를 느낀 건 사실이다. 하지만 그 질투도 이젠 내 마음에 아무 흔적도 없이 깨끗이 사라져 버렸다. 와타루는 나에게 사랑의 경쟁자이지만 그를 미워하거나 원망하진 않는다. 아니, 오히려 그 남자에게 동정심을 느낀다고 할 정도다. 와타루가 게사를 얻기 위해 얼마나 애를 썼는지 고로모가와로부터 얘기를 듣고는 그 남자가 귀엽다는 생각마저 들었다. 게사를 아내로 삼겠다는 일념으로 그가 시를 짓는 법까지 배웠다는 게 아닌가. 그 고지식한 사무라이가 만든 사랑 노래를 상상하면 나도 모르게 입가에 미소가 번진다. 하지만 그건 비웃음이 아니다. 그렇게까지 하면서 여자에게 잘 보이려고 하는 게 그저 애처로울 따름이다. 어쩌면 사랑하는 여자의 환심을 사려는 그 남자의 열정이 그녀의 애인인 나에게 일종의 만족감을 주었기 때문인지도 모른다.

하지만 이런 말을 할 만큼 나는 게사를 사랑하고 있는 걸까. 우리의 연애는 현재와 과거, 두 시기로 나누어진다. 나는 게사가 와타루와 연을 맺기 전부터 이미 게사를 사랑하고 있었다. 혹은 사랑한다고 생각했다. 하지만 돌이켜보면 그땐 불순한 마음도 있었다. 나는 게사에게 무엇을 원했던 걸까. 동정이었던 그 무렵의 나는 분명히 게사의 몸을 원하고 있었다. 약간의 과장을 더한다면 게사에 대한 나의 사랑이라는 것도 사실은 이 욕망을 아름답게 포장한 감상적인 마음에 지나지 않았다.

게사와의 연락이 끊긴 이후 3년간 나는 분명히 그 여자를 잊지 못하고 있었지만, 만약 그 전에 내가 그녀의 몸을 알았더라도 계속 그렇게 못 잊었을까? 부끄럽게도 그렇다고 대답할 자신이 없다. 그 후 게사에 대한 나의 애착 속에는 그 여자의 몸에 대한 미련이 상당히 섞여 있었다. 그리하여 몹시 애타는 정을 품은 채 마침내 내가 두려워했던, 그러면서도 몹시 기다려왔던 현재의 관계로 들어서고 말았다. 그렇다면 지금은 어떤가. 나 자신에게 다시 물어보려고 한다. 나는 과연 게사를 사랑하고 있는 걸까?

하지만 그 대답을 하기 전에, 내키지 않더라도 그간의 사정을 돌이켜 봐야 한다. 와타나베 다리의 공양을 할 때 3년 만에 우연히 게사를 만난 이후 나는 반년 동안 그녀와 남몰래 만나기 위해 온갖 수단을 동원했다. 그렇게 해서 결국 성공을 했다. 아니, 성공했을 뿐만 아니라 꿈꿔왔던 대로 마침내 게사의 몸을 알게 되었다. 하지만 당시에 나를 지배했던 건 앞서 말했듯이 아직 그녀의 몸을 알지 못한다는 미련만은 아니었다. 나는 고로모가와의 집에서 게사와 한방에 같이 있을 때 이미 그 미련이 어느새 희미해졌다는 걸 깨달았다. 내가 더 이상 동정이 아니라는 사실도 그때 나의 욕망을 약화시키는 데 영향을 주었을 것이다.

하지만 그보다 더 큰 이유는 그 여자의 얼굴이 시들었다는 사실이다. 당시의 게사는 이미 3년 전의 모습과 달라져 있었다. 피부는 광택을 잃었고 눈 주위에는 거무스름하게 기미 같은 게 돋아나 있었다. 뺨 주변과 턱밑에도 예전의 풍만한 살집이 거짓말처럼 사라져 버렸다. 변하지 않은 건 생기 있게 빛나는 검은 눈망울뿐이지 않았을까. 이 변화는 확실히 나의 욕망에 무서운 타격을 주었다. 3년 만에 처음으로 그녀를 마주했을 때 나도 모르게 시선을 돌릴 수밖에 없었던 기억이 아직도 생생하다.

그렇다면 그다지 미련도 없던 내가 왜 그녀와 관계를 맺었던 걸까. 일단 나는 묘한 정복욕에 지배당하고 있었다. 게사는 나와 마주할 때면 남편 와타루에 대한 애정 표현을 일부러 과장해서 이야기했다. 그런데 그게 나에겐 공허한 느낌밖에 주지 않았다. 이 여자는 자기 남편에 대해 허영심을 갖고 있다고 생각했다. 어쩌면 이것도 나의 연민을 사고 싶지 않다는 반항심의 표현일지도 모른다고 생각했다. 그리고 그녀의 거짓말을 폭로하고 싶은 마음이 강해졌다. 다만 왜 그걸 거짓말이라고 하는지 묻는다면, 그건 나의 자만심 때문이라고 한다면, 물론 항변하기 힘들다. 그럼에도 불구하고 나는 그게 거짓말이라고 믿었다. 그리고 지금도 여전히 그렇게 믿고 있다.

그렇다고 이 정복욕이 당시 나의 모든 것을 지배했던 건 아니다. 그밖에도...... 이런 말을 하는 것만으로도 얼굴이 붉어지는 것 같다. 나는 그것 말고도 순수한 정욕에 지배당하고 있었다. 그건 저 여자의 몸에 대한 미련이 아니었다. 더 하등한, 상대가 저 여자일 필요도 없는, 욕망을 위한 욕망이었다. 매춘부를 사는 남자라도 그때의 나만큼 저속하지는 않았을 것이다.

어쨌든 그런 여러 가지 이유로 마침내 게사와 관계를 가졌다. 그보다 게사를 능욕했다. 그리고 내가 처음에 제기했던 의문으로 돌아가면...... 아니, 내가 게사를 사랑하는지 아닌지는 나 자신에게 새삼스럽게 물어볼 필요도 없었다. 오히려 그 여자에게 증오마저 느꼈다. 특히 모든 일이 끝난 후에 엎드려 울고 있는 그녀를 억지로 안아 일으켰을 때는 염치없는 나보다도 더 파렴치한 여자로 보였다. 헝클어진 머리며 땀에 젖은 얼굴 화장이며 하나같이 그 여자의 몸과 마음의 추악함을 드러내고 있었다.

만약 그때까지 내가 그녀를 사랑했다면 그 사랑은 그날을 마지막으로 영원히 사라져 버렸을 것이다. 혹은 그때까지의 내가 그녀를 사랑하지 않았다면 그날부터 내 마음에는 새로운 증오심이 생겨났다고 해도 될 것이다. 그리고 아아, 오늘 밤 나는 사랑하지도 않는 여자 때문에 미워하지도 않는 남자를 죽이려는 게 아닌가!

그건 누구의 죄도 아니다. 내 입으로 공공연히 꺼낸 말이었다.

"와타루를 죽여 버릴까?"

그 여자의 귀에 대고 이렇게 속삭였을 때를 돌이켜보면 내가 생각해도 제정신이었는지 의심스럽다. 하지만 나는 그렇게 속삭였다. 속삭이지 않겠다고 생각하면서도 이를 악물고 했다. 왜 그렇게 하고 싶었는지 지금 생각해도 도무지 알 수가 없다. 하지만 굳이 이유를 찾자면 나는 그 여자를 경멸하면 할수록, 증오하면 할수록 더욱 능욕하고 싶어 견딜 수 없었다. 게사가 그렇게 애정을 과시하는 남편 와타루 사에몬노조를 죽이자고 말하는 것만큼, 그리고 내 제안을 그 여자가 마지못해 승낙하게 하는 것만큼, 그 목적에 딱 맞는 일은 없었다.

그래서 나는 마치 악몽에 사로잡힌 사람처럼 하고 싶지도 않은 살인을 억지로 그 여자에게 권했을 것이다. 그래도 내가 와타루를 죽이자고 한 동기가 충분히 설명되지 않는다면, 인간의 알 수 없는 힘이(천마파순(天魔波旬)* 이라 해도 좋다.) 나의 의지를 이끌어 사도(邪道)에 빠뜨렸다고 해석할 수밖에 없다. 어쨌든 나는 집요하게 같은 말을 몇 번이고 게사의 귀에 대고 속삭였다.

잠시 후 갑자기 게사가 고개를 들더니 순순히 내 계획에 따르겠다고 했다. 하지만 대답이 그렇게 쉽게 나온 건

---

* 불교 사마의 하나. 선인이나 수행자가 자신의 궁전과 권속을 없앨 것이라 하여 정법의 수행을 방해하는 마왕을 이른다.

의외였다. 뿐만 아니라 게사의 눈을 쳐다보니 지금까지 한 번도 보지 못했던 이상한 광채가 번뜩였다. 간통녀, 곧 바로 그런 생각이 들었다. 그 순간 실망스러운 기분과 함께 내 계획에 대한 두려움이 눈앞에 펼쳐졌다. 그사이에도 시들어버린 그녀의 음란하고 역겨운 얼굴이 끊임없이 나를 괴롭혔음은 물론 말할 필요도 없다. 할 수만 있다면 그 자리에서 내 약속을 깨버리고 싶었다. 그리하여 부정한 그 여자를 치욕의 구렁텅이로 밀어버리고 싶었다. 그렇게 하면 설령 그 여자를 농락했다고 해도 나의 양심은 그런 분노의 감정 뒤로 숨을 수 있었을지도 모른다. 하지만 나는 도저히 그럴 여유가 없었다. 마치 내 마음을 꿰뚫어보기라도 한 듯 갑자기 표정을 바꾼 그 여자가 가만히 내 눈을 쳐다봤을 때……

솔직히 고백하겠다. 내가 날짜와 시간까지 정하면서 와타루를 죽이자고 약속하게 된 건, 전적으로 만일 내가 동의하지 않을 경우 게사가 나에게 가할 복수에 대한 공포 때문이었다. 아니, 이 공포심은 지금도 여전히 내 마음을 집요하게 사로잡고 있다. 겁쟁이라고 비웃고 싶으면 얼마든지 비웃어도 좋다. 그때의 게사 모습을 봤다면 절대로 나를 비웃지 못할 것이다.

'내가 만일 와타루를 죽이지 않는다면, 게사 자신이 직접 하지는 않더라도 반드시 나는 이 여자에게 죽임을 당할 것이다. 그럴 바에야 차라리 내가 와타루를 죽여 버리자.'

눈물도 없이 울고 있는 그 여자의 눈을 봤을 때 나는 이렇게 절망적인 생각을 했다. 게다가 이 공포심은 내가 맹세를 하고 난 후, 눈을 내리깐 채 웃고 있는 게사의 창백한 얼굴 한쪽에 보조개가 생기는 걸 보는 순간 더욱 확실해진 게 아닐까.

아아, 그 저주스러운 약속 때문에 더럽혀지고 또 더럽혀진 마음에 지금 다시 살인죄가 더해지는 것이다. 만약 오늘 밤 이 약속을 어긴다면 이 역시 내게는 견딜 수 없는 일이다. 일단 맹세를 했으니 체면을 지켜야 한다. 그리고 또.......

난 복수를 두려워한다고 했다. 그건 결코 거짓말이 아니다. 하지만 또 뭔가가 있다. 그건 무엇일까? 나를, 겁쟁이인 나를 내몰아 죄 없는 남자를 죽이게 만드는 그 커다란 힘은 무엇일까? 모르겠다. 알 수 없지만 어쩌면......

아니, 그럴 리가 없다. 나는 그 여자를 경멸하고 있다. 두려워하고 있다. 증오하고 있다. 하지만 그래도 여전히, 아직도 여전히 나는 그 여자를 사랑하기 때문인지도 모른다.

모리토는 계속 배회하면서 더 이상 입을 열지 않았다. 달빛. 어디선가 유행가 소리가 들린다.

실로 인간의 마음이란 무명(無明)*의 어둠과 다르지 않구나.

그저 번뇌하는 불길로 타올라 사라질 목숨일 뿐이로다.

하

밤중에 게사가 침실 밖에서 촛불의 빛을 등지고 소매를 입에 문 채 생각에 잠겨 있다.

그 독백

그 사람은 올까, 안 올까. 설마 안 오는 건 아니겠지만 이제 달이 기울기 시작했는데 발소리도 들리지 않는 걸

---

* 불교에서 영원히 변하지 않는 진리라고 하는 고제·집제·멸제·도제의 근본의에 통달하지 못한 마음의 상태로 모든 번뇌의 근원이 된다.

보면 갑작스레 마음이 변한 건 아닐까. 혹시나 오지 않는다면...... 아, 나는 마치 창부와 같은 부끄러운 얼굴을 들고 다시 햇빛을 봐야 한다. 그런 간사하고 염치없는 짓을 내가 어떻게 할 수 있을까. 그렇게 되면 나는 그야말로 길가에 버려진 시체나 다름없다. 능욕당하고 짓밟힌 끝에 마침내 수치스러운 몸을 뻔뻔하게 드러내고 여전히 벙어리처럼 잠자코 있어야 하니 말이다. 만일 그렇게 되면 나는 죽더라도 온전히 죽을 수 없다.

아니, 아니, 그 사람은 반드시 올 것이다. 지난번에 헤어질 때 그 사람의 눈을 들여다봤을 때부터 나는 그렇게 생각할 수밖에 없었다. 그 사람은 나를 무서워하고 있다. 나를 증오하고 경멸하면서도 여전히 나를 두려워하고 있다. 내가 나 자신을 믿는다면 그 사람이 반드시 온다고 말할 수 없을지도 모른다. 하지만 나는 그 사람을 믿는다. 그 사람의 이기심을 믿는다. 아니, 이기심이 일으키는 저속한 공포심을 믿고 있다. 그래서 나는 이런 말을 할 수 있는 것이다. 그 사람은 반드시 올 것이다.

하지만 나 자신을 믿지 못하게 되었으니 이 얼마나 비참한 일이란 말인가. 3년 전의 나는 무엇보다 나 자신을, 나의 아름다움을 믿고 있었다. 3년 전이 아니라 그날까지라고 하는 편이 더 진실에 가까울 것이다. 그날 큰어머니댁 방 안에서 그 사람을 만났을 때, 나는 그의 마음에 비친 나의 추악함을 한 눈에 알아버렸다. 그 사람은 아무렇지도 않은 얼굴로 나를 꼬드기는 이런저런 다정한 말을 해주었다. 하지만 자신의 추악함을 알게 된 여자의 마음이 그런 말에 위로받을 수 있을까. 나는 그저 분하고 두렵고 슬펐다. 어릴 적 유모의 품에 안겨 월식을 봤을 때의 으스스한 기분도 그때의 심정에 비하면 훨씬 나았다. 내가 품고 있던 많은 꿈들이 한꺼번에 어디론가 사라져 버렸다. 그 다음엔 그저 비 내리는 새벽녘의 외로움 같은 게 가만히 나를 둘러싸고 있을 뿐……

　나는 외로움에 떨면서 죽은 거나 다를 바 없는 이 몸을 마침내 그 사람에게 맡기고 말았다. 사랑하지도 않는 그 사람에게, 나를 증오하고 나를 멸시하는 호색한인 그 사람에게…… 내 추악함을 들켜버린 후, 그 쓸쓸함을 견딜 수 없었던 것일까. 그리하여 그 사람의 가슴에 얼굴을 대고 열에 들떴던 그 순간에 모든 진실을 감추려 했던 걸까. 그렇지 않으면 그 사람과 마찬가지로 나도 그저 더러운 마음을 품고 있었던 걸까. 그런 생각을 하는 것만으로도 나는 부끄럽고, 부끄럽고, 또 부끄럽다. 특히 그 사람의 팔에서 벗어나 다시 자유로운 몸이 되었을 때 나는 얼마나 스스로를 한심하게 여겼던가.

분노와 쓸쓸함 때문에 아무리 울지 않으려 해도 눈물이 하염없이 쏟아졌다. 하지만 정조를 지키지 못한 것만이 슬픈 건 아니었다. 정조를 지키지 못한 데다 멸시를 당한다는 사실이, 마치 나병에 걸린 개처럼 미움 받고 학대까지 당한다는 사실이 무엇보다도 괴로웠다. 그러고 나서 도대체 나는 무엇을 했던 걸까. 이제 와서 생각하면 그것도 먼 과거의 기억처럼 희미할 뿐이다. 다만 흐느껴 울고 있을 때 그 사람의 콧수염이 내 귓가에 닿는가 싶더니 뜨거운 입김과 함께 속삭이던 그의 낮은 목소리가 기억난다.

"와타루를 죽여 버릴까?"

그 말을 듣는 순간 나는 지금도 알 수 없는, 이상하게도 살아 움직이는 듯한 기분이 들었다. 살아 움직이는 것 같았다고? 만약 달빛이 밝다고 한다면 그것 역시 이런 생동감일 것이다. 하지만 그건 어디까지나 달빛과는 다른 생동감이었다. 나는 역시 이 무서운 말에서 위로를 받았던 건 아닐까. 아아, 나는, 여자란 자신의 남편을 죽이면서까지 여전히 다른 남자에게 사랑받는다는 사실을 기쁘게 여기는 존재란 말인가.

　나는 달빛이 밝았던 그 밤과 비슷한 쓸쓸함과 생동감에 젖어 다시 한참을 울었다. 그러고는? 그러고 나서? 나는 언제 남편을 죽이자는 약속을 해버린 걸까. 하지만 그 약속을 하고나자 남편이 떠올랐다. 솔직히 그때 비로소 남편 생각이 난 것이다. 그때까지는 오로지 나에 대해, 모욕당한 나에 대해서만 생각하고 있었다. 그런데 그때 비로소 남편을, 그 내성적인 성격의 남편을, 아니, 남편이 아니다. 나에게 뭔가 말을 하면서 미소 짓던 남편의 얼굴이 선명하게 눈앞에 떠올랐다. 내 계획이 문득 떠오른 것도 아마 그 얼굴을 떠올린 찰나였을 것이다. 왜냐하면 그때 이미 나는 죽을 각오를 하고 있었고 그렇게 결정할 수 있어서 기뻤다. 하지만 울음을 그치고 고개를 들어 그 사람을 쳐다봤을 때, 거기에서 아까처럼 그 사람의 마음에 비친 나의 추함을 발견했을 때, 기쁜 마음이 한꺼번에 사라져 버리는 것 같았다. 그건.......

　나는 또다시 유모와 함께 봤던 월식의 어둠을 떠올리고 말았다. 기쁨의 밑바닥에 숨어 있던 여러 귀신을 한꺼번에 풀어놓은 듯한 기분이었다. 내가 남편 대신 죽겠다고 결심한 건 과연 남편을 사랑하기 때문일까. 아니, 아니, 나는 그런 명분을 내세워 다른 남자에게 몸을 맡긴 걸 속죄해야겠다고 생각했다. 자살할 용기가 없는 나. 조금이라도 세상 사람들에게 좋게 보이고 싶은 비열한 마음을 갖고 있던 나.

그 정도면 그래도 너그럽게 봐줄 수도 있을 것이다. 하지만 나는 더 천박했다. 더, 더 추했다. 남편 대신 죽는다는 명목으로 나는 그 사람의 증오에, 그 사람의 멸시에, 그리고 나를 농락한 그 사람의 부정한 정욕에 복수를 하려는 게 아닐까. 그 증거로 들 수 있는 게 그 사람의 얼굴을 바라볼 때면 그 달빛 같은 이상한 생동감도 사라지고 내 마음이 슬픔으로 얼어붙어 버린다는 사실이다. 나는 남편을 위해 죽는 게 아니다. 나를 위해 죽으려고 한다. 마음에 상처를 입은 분한 마음과 몸이 더럽혀진 원통함, 그 두 가지 때문에 죽으려 한다. 아아, 나는 살 가치만 없는 게 아니라 죽을 가치도 없었던 것이다.

하지만 죽을 가치도 없는 죽음이라도 살아 있는 것보다는 훨씬 바람직하다. 나는 슬픈데도 억지로 미소 지으며 남편을 죽이기로 그 사람과 거듭 약속했다. 눈치가 빠른 그 사람은 만일 약속을 지키지 않을 경우 내가 무슨 짓을 저지를지 대충 짐작했을 것이다. 그러고 보면 맹세까지 한 그 사람이 오지 않을 리가 없다. 저건 바람소리일까? 그날 이후 줄곧 괴롭던 마음도 오늘 밤이 마지막이라고 생각하니 정말이지 마음이 편해지는 것 같기도 하다.

내일이면 목 없는 내 시신에 쓸쓸한 빛이 비치겠지. 그걸 보면 남편은...... 아니, 남편은 생각하지 말자. 남편은 나를 사랑하고 있다. 하지만 나에게는 그 사랑을 어떻게 할 힘이 없다. 예전부터 나는 한 남자밖에 사랑할 수 없었다. 그리하여 그 한 남자가 오늘 밤 나를 죽이러 오는 것이다. 이런 나에게는 이 등잔 불빛조차 너무 화려하다. 더구나 그 연인에게 한없이 시달리고 있는 나에게는.

게사는 등잔불을 불어서 꺼버렸다. 이윽고 어둠 속에서 덧문을 여는 소리가 어렴풋이 들린다. 그와 함께 희미한 달빛이 비쳤다.

다자이 오사무

굿바이
안영신 옮김

은어 아가씨
박은정 옮김

다자이 오사무(太宰治 1909~1948)

아오모리 현 기타쓰가루의 대지주 가문에서 출생하였으며 본명은 쓰시마 슈지이다. 히로사키 고등학교 재학 시절, 당시 유행하던 프로레타리아 문학의 영향을 받았지만 신분과 사상 사이에서 좌절하고 약물중독과 자살 미수를 반복하다 39세에 애인과 함께 생을 마감하였다. 자기파멸형의 사소설 작가로 무뢰파 소설가로 분류된다. 심각한 내용부터 가볍고 유머러스한 내용까지 다양한 작풍의 작품이 존재한다. 작가의 삶의 궤적과 함께 작품은 일반적으로 3기로 나뉜다. 약물 중독, 자살 충동, 기성 문단과의 갈등 속에서 고민하던 작가의 고뇌를 드러낸 문체가 현대의 젊은이들에게 '마치 블로그의 문체 같다'라는 평가를 받으며 여전히 사랑받고 있다. 대표작으로 「사양」, 「비용의 아내」, 「인간실격」, 「앵두」 등이 있다.

굿바이

변심 (하나)

    문단의 노대가가 세상을 떠나고 그 장례식이 끝날 무렵부터 비가 내리기 시작했다. 때 이른 봄비였다.

    집으로 돌아가는 사람들 사이에 우산을 함께 쓴 두 남자가 걷고 있었다. 고인과 그리 가까운 사이는 아니었던 두 사람은 여자관계에 대한 대화를 나누고 있었다. 가문의 문양이 있는 예복 차림의 덩치 큰 초로의 남자는 문사였고 로이드안경에 줄무늬 바지를 입은 호남형의 젊은 남자는 편집자였다.

    "그 친구도."

문사가 말했다.

"여자를 좋아했나 봐. 자네도 이제 슬슬 죗값을 치를 때가 되지 않았나? 너무 야위었군."

"다 그만둘 생각입니다."

편집자는 얼굴을 붉히며 대답했다.

이 문사는 경박한 말을 아무렇지도 않게 내뱉는 사람이라 편집자는 예전부터 그와 거리를 두고 있었다. 그런데 오늘은 우산을 챙기지 못해서 어쩔 수 없이 우산을 같이 쓰는 바람에 이렇게 진땀을 빼는 처지가 되었다.

'다 그만둘 생각입니다.'

그건 거짓말이 아니었다.

그의 마음이 변하고 있었다. 전쟁이 끝나고 3년, 왠지 모르게 변하고 있었던 것이다.

《오벨리스크》 잡지 편집장인 34세의 다지마 슈지는 간사이 지방 사투리가 조금 있는 것 같지만 자신의 출생에 대해서는 거의 말을 하지 않는다. 원래 빈틈이 없는 남자로 편집장은 형식적인 직책이고 사실은 암거래 일을 하면서 돈을 많이 벌고 있었다. 하지만 부정하게 번 돈은 오래 가지 못하는 법. 술집에서 돈을 물 쓰듯 하고 애인도 여러 명 있다는 소문이다.

그렇다고 독신은 아니었다. 독신은커녕 지금의 아내는 후처다. 전처는 장애를 앓는 딸아이 하나를 남겨둔 채 폐렴으로 세상을 떠났다. 이후 그는 전쟁의 공습을 피해 도쿄의 집을 팔아 사이타마 현의 친구 집으로 갔다가 거기서 지금의 아내를 만나 결혼했다. 물론 아내는 초혼이고 친정은 꽤 유복한 농사꾼 집안이다.

전쟁이 끝나고 그는 아내와 딸아이를 처가에 맡기고 홀로 도쿄에 올라와 교외의 아파트에 방 한 칸을 얻었다. 거긴 그저 잠만 자는 곳이고 여기저기 열심히 뛰어다니며 많은 돈을 벌었다.

하지만 그로부터 3년이 지나면서 왠지 모르게 마음이 변하기 시작했다. 세상이 미묘하게 변한 탓인지 아니면 무절제한 생활 때문에 요즘 들어 몸이 부쩍 야윈 탓인지 아니, 아니, 단순히 '나이' 탓인지 색즉시공, 술도 시시해졌다.

'작은 집을 한 채 마련하여 시골에서 마누라와 아이를 데려와서……'

이런 생각이 문득 가슴을 스치고 지나가는 일이 잦아졌다.

'이제 이쯤에서 암거래에서도 손을 떼고 잡지사 일에

나 전념하자. 그러려면……'

하지만 난관에 부딪혔다. 우선 여자들과 별 문제없이 헤어져야 한다. 그런 생각에 이르자 빈틈없는 그도 어찌할 바를 몰라 한숨이 절로 나왔다.

"전부 다 정리할 생각이라……"

덩치가 큰 문사는 입을 찡그리며 쓴웃음을 짓더니 말했다.

"도대체 자네는 여자가 몇 명이나 있는 건가?"

변심 (둘)

다지마는 울 것 같은 표정이었다. 아무리 생각해도 혼자 힘으로는 도저히 방법이 없었다. 돈으로 해결할 수 있으면 좋겠지만 그걸로는 여자들이 물러날 것 같지 않았다.

"지금 생각하면 제가 미쳤던 것 같아요. 터무니없이 일을 너무 많이 벌여놔서……"

점잖지 못한 이 문사에게 모두 털어놓고 상의해 볼까 하는 생각이 문득 들었다.

"의외로 기특한 말을 하는군. 하긴 정이 많은 녀석일수록 이상하게 좀스러울 정도로 도덕을 두려워한단 말이야. 그게 또 여자들이 좋아하는 이유이기도 하니까. 잘생겼지, 돈 많지, 젊지, 게다가 도덕적이고 다정하기까지 하면 인기가 있을 수밖에 없지. 당연한 얘기야. 자네가 정리하려고 해도 상대방이 놔주지 않을 거야, 이건.”

“바로 그겁니다.”

다지마는 손수건으로 얼굴을 닦았다.

“설마 우는 건 아니겠지?”

“아뇨, 비 때문에 안경이 흐려져서……”

“아니, 그건 우는 목소리인데. 아주 호색꾼이로군.”

암거래를 하고 있으니 도덕이니 뭐니 따질 처지는 아니지만 그 문사의 지적처럼 다지마라는 남자는 정이 많은 데다 또 이상하리만치 여자한테 의리를 지키는 타입이다. 그래서 여자들이 경계를 풀고 다지마에게 깊이 의지하는 것 같다.

“무슨 좋은 방법이 없을까요?”

“없네. 자네가 5, 6년 동안 외국에라도 나갔다 오면 좋겠지만 지금은 쉽게 외국에 나갈 수도 없으니. 차라리 그 여자들을 전부 한 곳에 불러 모아서 <반딧불>*이라도

---

* 스코틀랜드 민요 <올드랭 사인>을 원곡으로 하는 일본의 창가로 졸업식에

부르게 해. 아니, <우러러보면 존귀한>* 그게 더 나으려나. 암튼 자네가 한 사람 한 사람에게 졸업장을 수여하고 그 다음에는 미친 사람처럼 알몸으로 밖으로 뛰어나가 도망치는 거지. 이거면 확실해. 여자들도 기가 막혀서 포기할 걸세."

이건 뭐 상담이라고 할 수도 없다.

"그럼 이만, 저는 여기서 전차로……"

"아, 별일 없으면 다음 정거장까지 걷자고. 어쨌든 이건 자네한테 중대한 문제일 테니까 말이야. 같이 대책을 연구해 보세."

문사는 심심했던 건지 좀처럼 다지마를 놓아주지 않았다.

"아뇨, 이제 저 혼자서 어떻게든……"

"아니지, 아냐, 자네 혼자서는 해결할 수 없어. 설마 자네 죽을 생각은 아니겠지? 이거 걱정되는데. 여자한테 사랑받는다는 이유로 죽는 건 비극이 아니라고. 희극이야. 아니, 촌극이라고 해야 하나. 우스꽝스럽기 짝이 없는 일

서 많이 불린다.
* 1884년 발표된 일본의 창가. 졸업생이 교사에게 감사하며 학교생활을 되돌아보는 내용으로 메이지에서 쇼와 시대의 졸업식에서 널리 불렸다.

이지. 아무도 동정하지 않을 걸세. 죽겠다는 생각은 버리는 게 좋아. 음, 좋은 생각이 떠올랐어. 굉장한 미인을 어디선가 찾아내서 말이지 그 사람에게 사정을 얘기하고 자네 마누라 노릇을 하게 하는 거야. 그리고 둘이서 자네의 애인들을 하나씩 찾아가는 거지. 효과가 있을 거야. 여자들이 모두 잠자코 물러날 걸세. 어때, 해보지 않겠나?"

물에 빠진 사람이 지푸라기라도 잡는 심정이랄까. 다지마의 마음이 조금 움직였다.

행진 (하나)

다지마는 그렇게 해봐야겠다는 생각이 들었다. 하지만 여기에도 난관이 있었다.

굉장한 미인이어야 했다. 못생긴 여자라면 정류장을 지날 때마다 서른 명 정도는 보인다. 하지만 굉장히 아름다운 여자는 전설 속에나 존재하나 싶었다.

사실 다지마는 외모엔 자신이 있었다. 멋 부리기를 좋아하고 허영심이 강해서 못생긴 여자와 함께 있게 되면 갑자기 배가 아프다며 그 자리를 피하곤 했다. 현재 그의 애인들도 다들 꽤 미인이었지만 굉장한 미인이라고 할 만한 여자는 없었다.

다지마는 비가 내리던 그날 껄렁껄렁한 문사가 대책이랍시고 아무렇게나 떠들어댄 얘기를 듣고서 그게 무슨 말 같지도 않은 소리냐고 생각했지만 딱히 좋은 방법이 떠오르진 않았다.

일단 시도해 보기로 했다. 어쩌면 이 세상 어딘가에 그런 굉장한 미인이 널려 있을지도 모르는 일이었다. 안경 속 그의 눈이 갑자기 주변을 휘휘 둘러보기 시작했다.

댄스 홀, 찻집, 요정. 없다 없어. 못생긴 여자들뿐이다. 사무실, 백화점, 공장, 영화관, 스트립쇼. 있을 리가 없다. 여자대학 교정을 기웃거리거나 미스 어쩌구 하는 미인대회장으로 달려가 보기도 하고 신인 영화배우를 뽑는 자리에 견학을 명목으로 들어가 보기도 하면서 여기저기 돌아다녔지만…… 없었다.

그런데 사냥감은 돌아오는 길에 나타났다.

절망에 빠진 다지마는 몹시 우울한 얼굴로 해질 무렵 신주쿠 역 뒤편 암시장을 걷고 있었다. 이른바 그의 애인들을 찾아갈 엄두도 나지 않았다. 떠올리기조차 끔찍했다. 그렇지만 헤어져야 한다.

"다지마 씨!"

느닷없이 등 뒤에서 부르는 소리에 펄쩍 뛸 듯이 놀랐다.

"가만있자, 누구시더라?"

"어머, 뭐예요."

목소리가 좋지 않았다. 까마귀 울음소리 같았다.

"어?"하고 다시 쳐다보았다. 처음엔 정말 누군지 알아보지 못했던 것이다.

그는 그 여자를 알고 있었다. 암거래 상인, 아니, 산지에서 물건을 가져다가 팔러 다니는 장사꾼이었다. 그는 이 여자와 두세 번 암시장 물건을 거래한 적이 있을 뿐이다. 하지만 까마귀 같은 목소리와 놀라운 괴력 때문에 그녀를 기억하고 있었다. 깡마른 체구지만 40킬로그램 정도는 너끈히 짊어지는 여자였다. 그때 그녀는 생선 비린내가 나는 지저분한 작업복 바지에 고무장화를 신고 있었다. 남자인지 여자인지도 구분이 안 가는 꾀죄죄한 행색 때문에 멋 부리기 좋아하는 그는 이 여자와 서둘러 거래를 끊었을 정도다.

그랬던 그녀가 놀랍게도 신데렐라가 되어 다지마 앞에 떡 하니 나타난 것이다. 양장 취향도 고상하고 우아했다. 몸도 호리호리하고 가련할 정도로 손발이 작았다. 스물 서넛, 아니 대여섯이나 되었을까. 수심에 잠긴 얼굴은 배꽃처럼 살짝 창백하고 그야말로 고귀하고 굉장한 미인이었다. 이 여자가 40킬로그램을 거뜬히 짊어지던 장사꾼이라니 믿어지지 않을 정도였다.

목소리가 거친 게 흠이지만 입을 다물고 있게 하면 된다. 쓸 만했다.

행진 (둘)

옷이 날개라고는 하지만 여자는 정말 옷차림 하나로 몰라볼 정도로 달라진다. 원래 귀신일지도 모른다. 하지만 이 여자(나가이 기누코라고 한다)처럼 이렇게 멋지게 변신할 수 있는 여자도 드물다.

"이거, 돈을 많이 벌었나 보군. 아주 말끔해졌잖아."

"어머, 무슨 소리예요."

아무래도 목소리가 걸린다. 고귀함이고 뭐고 단번에 날아가 버린다.

"부탁이 좀 있는데……."

"뭔데요? 가격 흥정하려고요? 워낙 짠돌이라……"

"아니, 장사 얘기는 아니고. 난 이제 슬슬 손을 씻을 생각이야. 아직도 장사를 하고 있는 거야?"

"당연하죠. 장사를 안 하면 목구멍에 풀칠을 할 수 없으니까."

말 한마디 한마디가 품격이 떨어졌다.

"헌데 그 옷차림은 뭐야."

"그야, 여자니까요. 가끔은 쫙 빼입고 영화 보러 가고 싶을 때도 있다고요."

"그럼 오늘은 영화를 보는 건가?"

"그래요. 벌써 보고 왔어요. 어, 뭐였더라, 〈뚜벅이 여행〉……"

"〈도보 여행〉이겠지. 혼자 본 거야?"

"어머, 그건 왜 물으실까. 남자는 영 믿을 수가 없어서 말이죠."

"그래서 말인데, 부탁이 있어. 한 시간, 아니, 30분이면 돼. 얼굴 좀 빌려줘."

"짭짤한 일인가요?"

"손해는 안 끼칠 테니까 걱정 마."

둘이 나란히 걷자 지나가는 사람들 열 명 중 여덟 명은 뒤를 돌아보았다. 다지마를 보는 게 아니라 기누코를 보는 것이었다. 상당히 호남형인 다지마조차 기누코의 기품에 눌려 초라하고 빈약해 보였다.

다지마는 자주 가는 뒷골목 음식점으로 기누코를 안내했다.

"여기, 뭐 잘하는 음식이라도 있나요?"

"글쎄, 돈가스가 유명한가 봐."

"그거 먹을래요. 배고파. 그리고 또 뭐가 있어요?"

"웬만한 건 다 될걸. 대체 뭘 먹고 싶은데?"

"이 집에서 유명한 거, 돈가스 말고 없어요?"

"이 집 돈가스는 커."

"쩨쩨하기는. 안 되겠다. 안에 가서 물어보고 올게요."

괴력에 대식가. 하지만 아주 굉장한 미인이었다. 놓치면 안 된다고 생각했다.

다지마는 위스키를 마시면서 기누코가 아무렇지도 않게 계속해서 먹고 있는 걸 노려봤다. 그리고 이야기를 꺼냈다. 기누코는 그저 먹기만 하면서 얘기를 듣는 둥 마는 둥 흥미를 느끼지 못하는 모습이었다.

"들어줄 거지?"

"한심하네요. 당신, 정말 돼먹지 못했잖아."

행진 (셋)

다지마는 뜻밖의 날카로운 적의 기세에 주춤하면서도 말을 이어갔다.

"그래, 돼먹지 못한 거 나도 알아. 그래서 이렇게 부탁하는 거야. 지금 내 입장이 아주 곤란하다고."

"그렇게 귀찮은 짓 하지 말고, 싫으면 그냥 안 만나면 되잖아요."

"그런 무책임한 짓은 할 수 없지. 상대방은 앞으로 결혼도 할 거고 또 새로운 애인이 생길 수도 있잖아. 상대가 제대로 마음 정리할 수 있게 해주는 게 남자의 책임이라고 생각해."

"풉! 대단한 책임감이네. 이별 얘기니 뭐니 하면서 또 노닥거리고 싶은 거죠? 정말 음흉하다니까."

"이봐, 너무 무례하게 굴면 화낼 거야. 예의가 없는 것도 정도가 있지. 아까부터 계속 먹기만 하잖아."

"킨톤*도 먹을까."

"더 먹게? 위가 늘어진 거 아냐? 그거 병이야, 의사한테

---

* 팥소 안에 삶은 밤이나 고구마를 넣은 달콤한 음식.

진찰 한번 받아보는 게 어때? 아까부터 계속 먹고 있잖아. 이제 그만 좀 먹어."

"인색하네요, 당신. 여자들은 보통 이 정도는 먹는다고요. '이걸로 충분해요'라면서 음식을 사양하는 아가씨들은 뭐랄까. 그저 남자한테 호감을 얻으려고 끼를 부리는 거라고요. 나는 얼마든지 먹을 수 있어요."

"아냐, 이젠 됐어. 여긴 싸구려 음식점이 아니라고. 항상 이렇게 많이 먹는 거야?"

"무슨 말씀. 얻어먹을 때만 그래요."

"그럼 말이지, 앞으로 얼마든지 먹게 해줄 테니까 내 부탁 좀 들어줘."

"그럼 장사를 못하게 되니까 손해인데."

"그건 따로 지불하지. 하루 수입 정도는 꼬박꼬박 챙겨줄게."

"그냥 당신만 따라다니면 되는 거예요?"

"그래, 맞아. 다만 두 가지 조건이 있어. 다른 여자 앞에서는 말을 한마디도 하지 마. 부탁이야. 웃거나 고개를 끄덕이거나 뭐, 그 정도만 해 줘. 또 하나는 사람들 앞에서 음식을 먹으면 안 돼. 나와 단둘이 있을 땐 뭐, 얼마든지 먹어도 상관없지만 사람들 앞에서는 그냥 차 한 잔 정도만 마셔줬으면 좋겠어.”

“그리고 돈도 주는 거죠? 당신은 구두쇠라 나중에 딴 소리 할 수도 있는데.”

“걱정하지 마. 나도 지금 노력하고 있다고. 이번에 실패하면 완전 파멸이야.”

“복수의 진이란 말이죠?”

“복수? 바보 같기는. 배수의 진(背水陣)이지.”

“어머, 그래요?”

참으로 천진난만하다. 다지마는 못마땅했다. 하지만 그녀는 아름답다. 이 세상 사람이 아니라고 느껴질 만큼 아름답고 당찬 모습이다.

돈가스, 닭고기 고로케, 참치회, 오징어회. 중국 메밀, 장어, 모둠냄비, 소고기 꼬치구이, 모둠초밥, 새우 샐러드, 딸기우유.

거기다가 킨톤까지 먹겠다니. 설마 여자들이 전부 이렇게 먹는 건 아니겠지. 혹시?

행진 (넷)

기누코의 아파트는 세타가야 방면에 있었다. 그녀는

아침에는 짐을 지고 장사에 나서기 때문에 오후 2시 이후엔 대체로 한가하다고 했다. 다지마는 일주일에 한 번 정도 기누코와 만나서 헤어질 여자가 있는 곳으로 함께 가기로 약속했다.

그리고 며칠 뒤 니혼바시의 어느 백화점에 있는 미용실을 향해 두 사람의 행진이 시작되었다.

멋쟁이 다지마는 재작년 겨울 이곳에 들러 파마를 한 적이 있다. 미용사 아오키는 서른 살 안팎의 이른바 전쟁 미망인이었다. 작업을 건 게 아니라 오히려 여자 쪽에서 다지마를 좋아했다. 아오키 씨는 백화점의 기숙사에서 니혼바시에 있는 가게로 출퇴근하고 있었는데 수입은 여자 혼자 겨우 생활할 정도였다. 그래서 다지마는 그녀의 생활비를 보조하게 되었고 지금은 기숙사에서도 공인된 사이였다.

하지만 아오키 씨가 일하는 니혼바시의 가게에 다지마가 얼굴을 내미는 일은 거의 없었다. 멀끔한 남자가 드나들면 영업에 방해가 될 거라고 그는 생각했다.

그런데 갑자기 그가 굉장한 미인을 데리고 그녀의 가게에 나타난 것이다.

"안녕하세요."

다지마는 인사말을 건네는 것조차 어색했다.

"오늘은 아내를 데리고 왔어요. 공습을 피해 지방에 내려가 있었는데 이번에 올라오게 되었어요."

이거면 충분했다. 아오키 씨도 시원한 눈매에 곱고 하얀 피부, 지적인 분위기를 풍기는 상당한 미인이었지만 기누코와 같이 있으니 은구두와 군화만큼 차이가 나는 것 같았다.

두 미인은 말없이 인사를 나눴다. 아오키 씨는 울상이 되어 있었다. 이미 승부는 결정 났다.

앞에서도 말했듯이 다지마는 여자에게 의리를 지키는 사람이라 자신이 독신이라고 거짓말을 한 적이 없다. 처자식이 지방에 내려가 있다는 사실을 처음부터 털어놓았다. 그 아내가 드디어 남편 곁으로 돌아온 것이다. 게다가 그녀는 젊고 고귀하며 교양이 풍부해 보이는 절세미인이었다.

그 대단한 아오키 씨도 울상을 짓는 것 말고는 달리 어쩔 도리가 없었다.

"아내의 머리 좀 만져 주세요."

우쭐해진 다지마는 결정타를 날려버렸다.

"긴자뿐만 아니라 그 어디에도 당신만 한 솜씨를 가진

사람은 없다고들 하더군요.”

그건 빈말이 아니었다. 실제로 아주 솜씨가 좋은 훌륭한 미용사였다.

기누코는 거울을 향해 앉았다.

아오키 씨는 기누코에게 흰 가운을 씌우고 머리를 빗기기 시작했고 눈에는 금방이라도 쏟아질 정도로 눈물이 가득했다.

기누코는 태연했다.

오히려 다지마가 자리를 뜨고 말았다.

행진 (다섯)

머리가 끝날 무렵 슬그머니 다시 미용실로 돌아온 다지마는 3센티 정도 되는 두툼한 지폐 다발을 미용사의 흰색 윗옷 주머니에 밀어 넣었다. 그리고 거의 기도하는 마음으로 속삭였다.

“굿바이.”

그 목소리는 본인도 놀랄 만큼 위로하는 듯 사과하는 듯 다정했고 애조를 띠고 있었다.

기누코는 말없이 일어섰다. 아오키 씨도 말없이 기누

코의 스커트 등 옷매무새를 가다듬어 주었다. 다지마는 한발 앞서 밖으로 뛰어나갔다.

'아, 이별은 괴롭다.'

기누코는 무표정한 얼굴로 따라 나왔다.

"그렇게 잘하는 것도 아니네."

"뭘?"

"파마 말이에요."

'못난 녀석!'

이렇게 기누코에게 호통치고 싶었지만 백화점 안이라서 참았다. 아오키라는 여자는 남의 험담 따위는 절대 하지 않았다. 돈도 원하지 않았고 빨래도 잘 해주었다.

"이제 이걸로 끝?"

"그래."

다지마는 몹시 쓸쓸했다.

"그 정도 일로 이렇게 헤어져버리다니 저 여자도 나약하네. 상당히 미인이던데. 저 얼굴이면......"

"그만해! 함부로 말하지 마. 착한 사람이야. 저 사람은 너하고는 차원이 다르다고. 제발 잠자코 있어줘. 너의 그 까마귀 울음소리 같은 목소릴 듣고 있으면 미칠 것 같으니까."

"이런 이런, 송구하옵니다."

'아, 말하는 거 하고는.'

다지마는 정말 미쳐버릴 것 같았다.

그는 묘한 허영심이 있어서 여자와 함께 있을 때면 자신의 지갑을 미리 여자에게 건네주고 항상 여자가 계산하게 했다. 마치 자신은 계산 따위엔 관심이 없다는 듯 대범한 척했던 것이다. 그런데도 지금까지 어떤 여자도 그의 허락 없이 멋대로 물건을 사지는 않았다.

하지만 저 까마귀 여사는 아무렇지도 않게 그의 지갑을 열었다. 백화점에는 비싼 물건들이 널려 있었다. 그녀는 주저하지 않고 당당하게 이른바 고급품을 골라냈는데 신기할 정도로 전부 다 우아하고 고상한 취미의 물건들이었다.

"이제 좀 그만하면 안 될까?"

"쩨쩨하긴."

"또 뭐 먹을 생각이지?"

"글쎄요, 오늘은 참아드리죠."

"지갑 좀 돌려줘. 앞으로는 오천 엔 이상 쓰면 안 돼."

이젠 허영심이고 나발이고 없었다.

"그렇게 많이 쓰진 않았어요."

"아니, 썼어. 나중에 잔금을 확인해 보면 알 수 있어. 만엔 이상은 분명히 썼어. 지난번 음식도 싼 게 아니었다고."

"그럼, 이제 그만 둘까요? 나도 좋아서 당신을 따라다니는 게 아니라고요."

협박이나 다름없었다.

다지마는 한숨만 쉴 뿐이다.

괴력(하나)

하지만 다지마도 보통내기는 아니었다. 암거래를 하며 단번에 수십만 엔은 너끈히 버는 빈틈없고 약삭빠른 재주꾼이었다.

기누코에게 그렇게 당하고도 너그럽게 용서의 미덕을 발휘할 다지마가 절대 아니었다. 뭔가 그에 상응하는 보상을 꼭 받아야 하는 사람이었다.

'빌어먹을! 시건방지단 말이야. 안 되겠군. 내 걸로 만들어 주겠어.'

이별의 행진은 그 다음의 일이었다. 그는 일단 그녀를 완전히 정복해서 조심스럽고 순종적이고 검소하며 적게 먹는 여자로 만든 다음에 다시 행진을 계속해야겠다고 생각했다. 지금 이대로는 어쨌든 돈이 많이 들어서 행진을 이어가기가 불가능했다.

'승부의 비결. 적으로 하여금 다가오게 하지 말고 적에게 다가가라.'

그는 전화번호부에서 기누코의 아파트 주소를 알아낸 뒤에 위스키 한 병과 땅콩 두 봉지를 샀다. 배가 고프면 기누코에게 먹을 걸 사 달라고 할 속셈이었다. 그리고 위스키를 벌컥벌컥 마시고 취한 척 잠이 들면 그 다음엔 자신의 여자가 된다. 아주 싸게 먹힌다. 방값도 들지 않는다.

여자에 대해 항상 자신만만한 다지마 같은 사람이 이렇게 난폭하고 야비한 방법을 쓰려고 하다니. 아무래도 머리가 어떻게 된 것 같다. 기누코에게 너무 당하는 바람에 그렇게 된 건지도 모른다. 색욕을 절제해야 하는 건 물론이거니와 돈에 너무 집착하고 본전 찾기에만 급급해도 역시 결과가 좋지 않은 법이다.

다지마는 기누코가 너무도 얄미운 나머지 도를 넘는 비겁하고 야비한 계획을 세웠다가 정말이지 죽을 만큼 힘든 난관에 부딪히게 된다.

저녁에 다지마는 세타가야에 있는 기누코의 아파트를 찾아냈다. 2층짜리 낡은 목조건물로 음침한 아파트였다.

기누코의 방은 계단을 오르자마자 막다른 곳에 있었다.

노크를 했다.

"누구죠?"

안에서 그 까마귀 목소리가 들렸다.

문이 열리자 다지마는 깜짝 놀라 그대로 몸이 굳어버렸다.

엉망진창. 악취.

'아, 황량하다.'

다다미 네 장 반 크기의 방. 새까맣게 번들거리는 다다미 겉면은 울퉁불퉁했고 가장자리의 헝겊은 그 흔적조차 남아 있지 않았다. 장사 도구로 보이는 석유통에 사과 상자, 한 되짜리 병, 보자기에 싸놓은 물건, 새장처럼 생긴 것, 쓰레기 같은 것들이 거의 발 디딜 틈도 없이 방 한가득 어질러져 있었다.

"아니, 당신이 무슨 일이죠?"

기누코의 복장은 몇 년 전 봤을 때처럼 거지같은 차림이었다. 얼룩덜룩 때가 탄 몸뻬를 입은 모습은 남자인지 여자인지 알아볼 수 없을 정도였다.

벽에 상호신용금고 홍보 포스터 한 장만 보이고 어디를 둘러봐도 장식다운 건 없었다. 커튼도 없다. 이게 정녕 스물 대여섯 살 아가씨의 방이란 말인가. 어두침침한 작은 전구 하나만 켜져 있는 방안은 그저 황량할 따름이었다.

괴력(둘)

"놀러 온 건데."

다지마가 오히려 공포에 질려 기누코처럼 까마귀 목소리를 냈다.

"하지만 다음에 다시 와도 돼."

"뭔가, 속셈이 있는 거죠? 당신이 아무 이유 없이 올 리가 없는데."

"아니, 오늘은 정말……"

"솔직하게 말하세요. 그렇게 간들거리지 말고."

그건 그렇고 방안은 정말 끔찍했다.

'여기서 이 위스키를 마셔야 한다. 아, 더 싼 위스키를 사왔어야 했어.'

"그게 아니라…… 나는 워낙 깨끗해서 말이지. 너는, 오늘은 또 너무 더럽군."

그가 못마땅한 표정으로 말했다.

"오늘은 좀 무거운 걸 날랐더니 피곤해서 낮잠을 잤어

요. 아, 맞다. 좋은 물건이 있어요. 안으로 들어올래요? 아
주 저렴해요."

아무래도 장사 얘기인 것 같았다. 돈벌이라면 방이 지
저분한 거 따위는 문제가 되지 않는다. 다지마는 신발을
벗고 다다미가 비교적 무난한 곳을 골라 외투를 입은 채
로 책상다리를 하고 앉았다.

"당신, 가라스미* 좋아하죠? 술꾼이니까."

"아주 좋아하지. 여기 있어? 그럼 먹어야지."

"무슨 소리예요. 돈을 내셔야지."

기누코는 뻔뻔하게 오른쪽 손바닥을 다지마의 코앞으
로 쑥 내밀었다.

다지마는 지겹다는 듯 입을 삐죽 내밀고 말했다.

"하는 짓을 보고 있자니 정말 인생이 허무하게 느껴지
는군. 이 손 좀 치우시지. 가라스미 따윈 필요 없으니까.
그건 말이나 먹는 거야."

"싸게 준다는 데도 그러네. 바보 같긴. 맛있다니까요.
산지에서 바로 온 거라고요. 시원하게 좀 내놔 봐요."

건들거리면서 손바닥을 치우려고 하지 않았다.

---

* 숭어 등의 알을 소금에 절인 후 말려 건조시킨 것.

불행하게도 다지마는 가라스미를 엄청 좋아해서 위스키 안주로 그것만 있으면 다른 건 필요 없었다.

"조금 먹어볼까?"

다지마는 분한 표정으로 기누코의 손바닥에 큰 지폐 세 장을 올려놓았다.

"네 장 더."

기누코는 태연하게 말했다.

"젠장, 이제 그만 좀 해."

"인색하긴, 인심 좋게 한 마리 다 사세요. 가다랑어포를 절반만 잘라서 사는 것 같잖아요. 쩨쩨하게."

"좋아, 한 마리 다 사지."

기생오라비 같은 다지마도 이제 진짜로 화가 났다.

"자, 한 장, 두 장, 세 장, 네 장. 됐지? 손 치워. 너 같이 뻔뻔한 자식을 낳은 부모 얼굴이 궁금하다."

"나도 보고 싶어요. 그리고 때려주고 싶어요. 대파도 내다버리면 시들어 버린다고 그렇게 말해주고 싶다고요."

"뭐야, 신세 한탄 따위는 듣고 싶지 않아. 컵 좀 줘봐. 위스키랑 가라스미나 먹어야겠다. 음, 땅콩도 있는데 이건 너 먹어."

괴력 (셋)

다지마는 위스키를 큰 컵으로 벌컥벌컥 마셨다. 오늘은 어떻게든 기누코에게 얻어먹을 속셈으로 왔는데 오히려 산지에서 온 비싼 가라스미를 사고 말았다. 게다가 기누코는 아까워하는 기색도 없이 순식간에 가라스미를 전부 싹둑 자르더니 지저분한 그릇에 수북이 쌓아놓고 거기에 조미료를 듬뿍 뿌렸다.

"드세요. 조미료는 서비스니까 신경 안 써도 돼요."

'가라스미를 이렇게나 많이. 도저히 먹을 수 있는 양이 아니다. 게다가 조미료를 뿌려버렸으니 망했다.'

다지마는 비통한 심정이었다. 일곱 장의 지폐를 촛불에 태워도 이렇게 쓰라린 상실감을 느끼진 않을 것이다. 정말로 허무했다.

다지마는 울고 싶은 마음으로 수북이 쌓인 그릇 바닥쪽에 조미료가 뿌려지지 않은 한 조각의 가라스미를 집어 먹으면서 물었다.

"너는 직접 요리해 본 적 있어?"

"하면 할 수 있죠. 귀찮아서 안 할 뿐이지."

"빨래는?"

"내가 바보인 줄 알아요? 나는 말이죠. 어느 쪽이냐 하면 지나치게 깔끔한 편이라고요."

"지나치게 깔끔하다고?"

다지마는 악취를 풍기는 지저분한 방을 멍하니 둘러보았다.

"이 방은 원래 더러워서 손을 댈 수가 없어요. 내가 이런 장사를 하다 보니 아무리 치워도 이 모양이에요. 보여줄까요, 벽장 속을?"

그러더니 자리에서 일어나 벽장문을 활짝 열었다.

다지마는 눈이 휘둥그레졌다.

청결, 정돈, 금빛으로 빛나고 그윽한 향기가 날 정도였다. 옷장, 경대, 트렁크, 신발장 위에는 가련할 정도로 자그마한 구두 세 켤레. 그 벽장이야말로 까마귀 목소리를 내는 신데렐라 공주의 숨겨진 분장실이었던 셈이다.

기누코는 다시 벽장문을 탁 닫고 다지마로부터 조금 떨어진 곳에 아무렇게나 앉았다.

"멋 부리는 건 일주일에 한 번 정도면 충분해요. 딱히 남자들한테 잘 보이고 싶지도 않고. 평상복은 이 정도가 딱 좋아요."

"근데 그 몸뻬는 너무 심한 거 아냐? 비위생적이야."

"왜요?"

"냄새 나."

"고상한 척 하지 마세요. 당신도 항상 술 냄새 풍기잖아요. 불쾌한 냄새."

"우리는 서로 냄새를 풍기는 사이라는 거군."

취기가 돌면서 황량한 방안 모습도 또 기누코의 거지 같은 꼴도 별로 신경이 쓰이지 않게 되었다.

'그럼 이제 계획을 실행해 볼까.'

못된 생각이 모락모락 피어올랐다.

"싸울 정도로 깊은 사이라는 거지."

이렇게 또 어설픈 설득을 해보는 거다. 이런 경우 설령 사회적으로 명성을 얻은 큰 인물이라 하더라도 이렇게 한심한 방법으로 설득을 하는데도 그게 의외로 성공을 거두는 법이다.

괴력 (넷)

"피아노 소리가 들리잖아."

그는 더욱 언짢아졌다. 눈을 가늘게 뜨고 멀리 라디오 소리에 귀를 기울였다.

"당신도 음악을 알아요? 음치같이 생겼는데."

"내가 음악에 빠삭하다는 걸 모르는군. 명곡이라면 하루 종일이라도 들을 수 있지."

"저 곡은 뭐죠?"

"쇼팽."

엉터리.

"그래요? 나는 에치고의 사자춤*인줄 알았는데."

음악의 '음'자도 모르는 사람들끼리의 종잡을 수 없는 대화다. 도저히 분위기가 조성되지 않자 다지마는 재빨리 화제를 돌렸다.

"너도, 그러니까 지금까지 누군가와 연애를 해본 적은 있겠지?"

"한심하긴. 당신처럼 음란하지는 않아요."

"말조심 좀 하는 게 어때? 교양 없게 시리."

다지마는 갑자기 불쾌해져서 다시 위스키를 벌컥벌컥 들이켰다.

'이거 벌써 글러먹은 건지도 모른다. 하지만 여기서 물

---

* 현재의 니가타 현에 해당하는 에치고 지방에서 정초에 어린이들이 사자탈에 굽 높은 나막신을 신고 춤을 추면서 돈을 타는 민속놀이.

러서면 호색남으로서의 체면이 말이 아니지. 어떻게든 뚝심 있게 밀고나가서 성공해야 한다.'

"연애와 음란은 근본적으로 다르다고. 아무것도 모르는 모양이군. 한 수 가르쳐 드릴까?"

자기가 말해놓고도 그 능글맞은 말투에 다지마는 소름이 돋았다.

'안 되겠어. 시간이 좀 이르지만 취한 척하고 드러누워야겠다.'

"아아, 취한다. 빈속에 술을 마셨더니 너무 취했어. 여기 좀 누워볼까?"

"안 돼요!"

까마귀 목소리가 거칠고 사나운 목소리로 바뀌었다.

"누굴 바보로 알아요! 그 속을 모를까봐. 자고 싶으면 오십 만, 아니 백만 엔 내요."

뜻대로 되는 게 없었다.

"뭐 그렇게 화낼 것까진 없잖아. 취했으니까, 여기서, 잠깐……"

"안 돼요, 안 돼, 가세요."

기누코는 일어서서 문을 열어젖혔다.

궁지에 몰린 다지마는 결국 가장 꼴사납고 졸렬한 수

단을 쓰고 말았다. 일어서서 갑자기 기누코를 껴안으려 했다.

하지만 주먹으로 얼굴을 얻어맞은 다지마는 "꾸엑" 하고 기괴한 비명을 질렀다. 그 순간 다지마는 40킬로그램을 너끈히 짊어지는 기누코의 괴력이 떠올라 섬뜩했다.

"용서해 줘. 이 도둑놈아!"

알 수 없는 소리를 냅다 지르고는 맨발로 복도로 뛰어나갔다.

기누코는 침착하게 문을 닫았다.

잠시 후 문밖에서 다지마의 목소리가 들렸다.

"저, 미안하지만 내 신발 좀...... 그리고 끈 같은 게 있으면 좀 주시겠어요? 안경다리가 부러져서."

호색남 역사에 없던 굴욕에 속이 부글부글 끓어오르는 걸 느끼며 그는 기누코에게 얻은 빨간 테이프로 안경다리를 붙여서 양쪽 귀에 걸었다.

"고마워!"

포기한 듯 외치고서 계단을 내려가던 다지마는 발을 헛디뎌 또다시 "꾸엑" 하고 소리쳤다.

콜드 워 (하나)

하지만 다지마는 나가이 기누코에게 투자한 돈이 아까워 견딜 수가 없었다. 이렇게 수지가 안 맞는 장사를 해본 적이 없었던 것이다. 어떻게든 그녀를 이용해서 본전을 뽑아야 한다. 그런데 저 괴력, 저 식탐, 저 탐욕이 문제였다.

날씨가 따뜻해지고 꽃들이 피기 시작했지만 다지마 혼자만 우울한 기분이었다. 작전이 실패한 그날 밤으로부터 4, 5일이 지났다. 안경도 새로 장만하고 뺨의 붓기도 가라앉자 그는 일단 기누코의 아파트로 전화를 걸었다. 이번엔 이성적으로 호소해 봐야겠다고 생각한 것이다.

"여보세요. 다지마인데요. 지난번에는 너무 취해서, 아하하하."

"여자 혼자 살다보면 별별 일을 다 겪어요. 신경 안 써요."

"아니, 저도 그 뒤로 생각을 많이 해봤는데 말이죠, 제가 여자들을 다 정리하고 작은 집을 마련해서 시골에 있는 처자를 불러들여 행복한 가정을 꾸리는 것, 이게 도덕적으로 나쁜 일인가요?"

"당신이 하는 말, 뭐가 뭔지 잘 모르겠지만 남자는 누구나 돈을 잔뜩 벌면 그런 치사한 생각을 하는 모양이에요."

"그러니까 그게 나쁜 일일까요?"

"괜찮지 않을까요. 돈을 많이 모았나 보네요, 당신."

"돈 얘기만 하지 말고...... 도덕적으로, 그러니까 이성적으로 보면 말이죠. 당신은 어떻게 생각합니까?"

"아무 생각 없어요. 당신 일 따위엔."

"그야 뭐, 물론 그렇겠지만, 저는 말이죠, 이건 좋은 일이라고 생각합니다."

"그럼, 된 거잖아요? 그런 쓸데없는 소리 할 거면 전화 끊을래요."

"하지만 저에겐 정말 사활이 걸린 큰 문제예요. 저는, 도덕에 어긋나지 않게 사는 게 중요하다고 생각합니다. 도와주세요, 절 좀 도와주세요. 저는 좋은 일을 하고 싶은 겁니다."

"수상한데요. 또 취한 척하면서 한심한 짓을 하려는 건 아니겠죠? 그런 건 사양할게요."

"비꼬지 마시고요. 인간에겐 선한 일을 하려는 본능이 있어요."

"전화 끊어도 되죠? 더 이상 용건 없죠? 아까부터 오줌이 마려워 죽겠다고요.."

"잠깐만요. 하루에 삼천 엔 어때요?"

이성에 호소하다가 갑자기 돈 얘기로 바뀌었다.

"먹을 것도 포함?"

"아니, 그건, 도와주세요. 저도 요즘 수입이 시원치 않아서요."

"한 장(만 엔을 말함)이 아니면 안 할래요."

"그럼 오천 엔. 그렇게 해주세요. 이건 도덕의 문제니까요."

"오줌이 나올 것 같아요. 그만 하세요."

"오천 엔으로 부탁드립니다."

"바보군요, 당신은."

킥킥 웃는 소리가 들렸다. 알겠다는 의미인 듯했다.

콜드 워 (둘)

'이렇게 된 이상 어쨌든 기누코를 최대한 이용하고 활용해야 한다. 하루 오천 엔만 주고 빵 한 조각, 물 한 잔도 사 주지 말고 실컷 부려먹어야 본전을 뽑을 수 있다. 온정은 절대 금물이다. 파멸을 가져올 뿐이다.'

기누코에게 얻어맞아 "꾸엑"하고 기묘한 비명을 질렀

지만 다지마는 기누코의 괴력을 거꾸로 이용할 방법을 생각해냈다.

그의 이른바 애인들 중에 미즈하라 게이코라는 여자가 있었다. 아직 서른이 안 된 실력이 별로 없는 서양화가였는데 덴엔초후의 아파트에 방 두 개를 빌려 하나는 거실, 하나는 아틀리에로 쓰고 있었다. 그녀는 어느 화가의 소개장을 들고 와서 《오벨리스크》에 삽화든 뭐든 그리게 해달라고 했다. 부끄러워하면서 머뭇거리는 모습이 사랑스러워 다지마는 조금씩 그녀의 생계를 돕기로 했던 것이다. 온화한 성격에 말이 별로 없고 눈물이 많은 여자였다. 하지만 결코 울부짖듯이 격하게 울진 않았다. 소녀처럼 가련한 울음이라 그리 나쁘지만은 않았다.

그런데 한 가지 큰 문제가 있었다. 그녀에겐 오빠가 있었는데 오랫동안 만주에서 군대 생활을 한 모양이다. 어릴 때부터 난폭했고 기골이 장대했다고 한다. 그 이야기를 처음 게이코로부터 들었을 때 그는 정말 꺼림칙했다. 중사인지 하사인지 하는 그녀의 오빠는 먼 옛날 파우스트 시대부터 호색남에겐 매우 불길한 존재였던 것이다.

그 오빠가 최근 시베리아에서 돌아와 게이코의 거실에 떡하니 버티고 있는 모양이었다.

그 오빠와 얼굴을 마주치는 게 싫었던 다지마는 게이코를 밖으로 불러내려고 집으로 전화를 걸었는데 이크, 오빠가 받고 말았다.

"게이코의 오빠입니다만."

정말 강인한 힘이 느껴지는 남자의 목소리였다.

"잡지사 일 때문에 연락드렸는데요. 미즈하라 선생님께 그림에 대해 상담을 좀……"

말끝이 떨렸다.

"안 됩니다. 감기에 걸려서 자고 있어요. 당분간 일은 못할 것 같습니다."

운이 따라주질 않았다. 일단 게이코를 불러내는 건 힘들 것 같았다.

하지만 오빠가 무섭다고 해서 언제까지고 그녀와 지금의 관계를 유지할 수는 없는 일이었다. 그건 그녀에게도 예의가 아니었다. 게다가 게이코는 지금 감기로 누워 있고, 또 군대에서 돌아온 오빠도 같이 지내고 있으니 돈도 필요할 것이다. 오히려 다지마에겐 지금이 좋은 기회일 수도 있다. 아픈 그녀에게 위로의 말을 다정하게 건네고 그 다음엔 돈을 슬쩍 내미는 거다. 군인 오빠도 설마 그를 때리지는 않을 것이다. 아니, 게이코보다 더 감동해서 오히려 악수 같은 걸 청할지도 모른다. 만약 행패를 부릴 것 같으면...... 그때야말로 나가이 기누코의 괴력 뒤에 숨어버리면 되는 일이었다.

이게 바로 기누코를 100프로 이용하는 방법인 것이다.

"알겠죠? 별 문제 없을 것 같긴 한데. 거기 난폭한 사내가 한 명 있어요. 만약 그놈이 주먹을 치켜들면 당신이 가볍게, 이렇게 막아 주면 됩니다. 뭐 약한 놈인 것 같으니까 걱정할 필요는 없어요."

다지마는 기누코에게 부쩍 정중한 말투를 쓰고 있었다.

(미완성)

은어 아가씨

사노는 나의 친구이다. 그는 나보다 열한 살이나 어리지만 그래도 친구이다. 사노는 지금 도쿄에 있는 대학교 문과에 재학 중이지만, 공부를 그다지 잘하는 것 같진 않다. 언제 낙제할지 모르는 상황이다.

"공부 좀 하지 그래?"라고 조심스럽게 충고를 한 적도 있었다. 하지만 사노는 팔짱을 낀 채 고개를 숙이더니, 이렇게 된 바에는 소설가가 되는 수밖에 없다고 나지막하게 중얼거렸다. 나는 쓴웃음을 지었다. 공부를 싫어하는 머리 나쁜 사람이 소설가가 되는 것이라고 믿고 있는 듯했다.

어쨌든 사노는 요즘 진지하게 소설가가 되겠다고 작

정을 한 모양이다. 그리고 점점 낙제가 확실해져 가는지도 모르겠다. 이렇게 된 이상 소설가가 될 수밖에 없다는 게 농담이 아니고 진심인 건지 그 무렵의 그는 실로 느긋했다. 스물두 살이 된 그가 혼고에 있는 하숙방에서 정좌를 하고 혼자 바둑 연습에 몰두하는 모습을 바라보고 있자면, 어딘가 운중백학*의 정취마저 느껴진다. 그는 가끔 양복을 입고 여행을 떠난다. 가방에는 원고지와 펜, 잉크,『악의 꽃』,『신약성경』,『전쟁과 평화』제1권과 그 밖의 것들이 들어 있다. 온천방 마루 기둥에 기대고 앉아 편안하게 마음을 정돈하거나, 책상 위에 원고지를 펼쳐놓고 근심스럽게 담배 연기의 끝(또는 문장의 끝)을 바라보거나, 긴 머리를 쓸어 올리며 가볍게 헛기침하는 등, 이미 풍류를 즐기는 문인묵객(文人墨客)의 운치가 느껴진다. 하지만 그렇게 허세를 부리는 것도 금세 지쳤는지, 자리에서 일어나 산책하러 나가거나 숙소에서 낚싯대를 빌려 계곡으로 산천어를 잡으러 가거나 했다.

하지만 한 마리도 낚은 적은 없었다. 사실 낚시를 그렇게 좋아하지도 않았다. 미끼를 갈아 끼우는 게 귀찮은 모

---

* '구름 속을 나는 두루미'라는 뜻으로 고상한 기품을 가진 사람을 이르는 말.

양이었다. 그래서 제물낚시를 주로 한다. 도쿄에서 고급 제물낚시 바늘을 여러 개 구입해서 여행할 때는 가지고 다녔다.

'좋아하지도 않는데, 왜 굳이 낚싯바늘을 여행지까지 가지고 다니면서 낚시를 하는 건지.'

뭐라 딱히 할 말은 없었다. 그저 은군자*의 기분을 맛보고 싶었을 것이다.

올해 6월, 은어 해금날에도 사노는 원고지에 펜,『전쟁과 평화』등을 가방에 넣고 여러 종류의 낚싯바늘을 가지고 이즈에 있는 온천장으로 떠났다.

사나흘 동안 머물다가 은어를 잔뜩 사가지고 집으로 돌아왔다. 버드나무 잎 만한 은어 두 마리를 낚아서 득의양양하게 숙소로 가져갔더니 숙소 사람들이 다들 웃는 바람에 몹시 당황했다고 한다. 그래도 그 두 마리를 튀겨줘서 저녁 식사 때 먹었는데 큰 접시에 새끼손가락 크기의 작은 은어 두 마리를 보고 너무 창피해서 그는 성을 냈다고 한다. 우리 집에도 아름다운 은어를 선물로 가지고 온 적이 있다.

---

* 속세를 떠나 은거하는 군자.

"이 정도 은어를 낚는 사람도 있긴 하겠지만, 나는 못 잡았어. 이만한 은어를 잡는 건 부끄러운 일이거든. 그래서 내가 이유를 잘 설명했더니 그냥 주더라고."

그는 이즈의 생선가게에서 은어를 사 왔다고 솔직하게 고백했다.

그런데 그때 여행에서 또 하나 놀랄만한 선물을 가지고 왔다. 그가 결혼하고 싶다는 말을 꺼낸 것이다. 이즈에서 좋은 사람을 만났다고 했다.

"그래?"

나는 그런 이야기를 자세히 듣고 싶지는 않았다. 다른 사람의 연애에는 별로 관심이 없었다. 연애담은 항상 그럴듯하게 이야기를 꾸며대기 마련이다.

내가 관심을 보이지 않고 건성으로 대답을 하는데도 사노는 개의치 않고 그 여성에 대한 얘기를 계속 이어갔다. 비교적 거짓 없는 솔직한 말투였기 때문에 나는 짜증 내지 않고 끝까지 들어주었다.

그가 이즈에 간 것은 5월 31일 밤이었다. 숙소에서 맥주 한 병을 마시고 다음 날 아침에 일찍 깨워달라고 모닝콜을 부탁했다. 그는 아침에 일어나 낚싯대를 메고 유유히 숙소를 빠져나갔다. 다소 졸린 얼굴이었지만 그래도 어딘가 풍류를 즐기는 모습으로, 한여름의 무성한 풀밭을 밟으며 강가로 향했다. 풀이슬이 차가워 기분이 좋았다. 흙 제방 위로 올라서자 채송화와 산단이 피어 있었다. 문득 앞쪽을 쳐다보니 초록색 파자마를 입은 아가씨가 하얗고 긴 다리를 무릎 위까지 드러낸 채 맨발로 푸른 풀밭 위를 걷고 있었다.

'청초하고 예쁜 여자로군.'

10미터도 채 안 되는 거리였다.

"우와!"

사노는 순진한 사람이었다. 자신도 모르게 소리를 내며 그 투명한 다리를 손가락으로 가리키고 말았다. 아가씨는 그리 놀라는 기색은 없었고, 살짝 웃으면서 옷자락을 내렸다. 하루의 일과 중 그저 아침 산책에 불과했는지도 모른다. 사노는 자신이 가리킨 오른손을 어떻게 처리할지 곤란해졌다. 처음 만난 아가씨의 다리를 손으로 가리킨 거나 마찬가지였다. 그는 자신의 예의 없음을 후회했다.

"어이쿠, 저런..."

의미는 확실하지 않았지만 나무라는 듯 중얼거리며 아가씨 곁을 휙 지나서 뒤도 안 보고 급하게 걷다가 뭔가에 걸려 넘어졌다. 이번에는 천천히 걸었다.

강변으로 내려갔다. 줄기와 잎이 넘쳐흐르는 버드나무 그늘에 걸터앉아 낚싯줄을 늘어뜨렸다. 잡을 수 있는 곳인지 아닌지는 신경 쓰지 않았다. 다른 낚시꾼이 한 명도 없는 조용한 곳이면 어디든 상관없었다. 낚시의 묘미는 물고기를 무조건 많이 낚아 올리는 데 있는 게 아니라, 낚싯줄을 드리우고 조용히 계절의 정취를 즐기는 데에 있다고 고다 로한* 선생이 말씀하셨다. 사노도 전적으로 그 말에 동의하고 있는 게 분명하다. 알다시피 사노는 문인으로서의 정신 수양을 위해 낚시를 시작했으니, 물고기를 잡고 안 잡고는 문제가 되지 않았다. 조용히 낚싯줄을 드리우고 오로지 계절의 정취를 느끼며 즐기면 되는 것이다. 물은 속살거리듯 흐르고 있었다. 은어가 쏙 헤엄쳐 들어와 낚싯바늘을 톡톡 건드리며 살랑거리다 방향을 돌려 도망쳤다.

"빠른데!"

사노는 감탄했다. 강 건너편에는 수국이 피어 있었다. 대나무 덤불 속에서 빨갛게 얼굴을 내민 것은 협죽도인

---

* 일본의 문학가이자 사상가.

것 같다. 졸음이 몰려왔다.

"잘 잡혀요?"

여자의 목소리가 들렸다.

귀찮은 듯 뒤돌아보자, 아까 그 아가씨가 하얀 옷을 입고 서 있었다. 어깨에는 낚싯대를 메고 있었다.

"아뇨, 낚을 수 있는 게 없어요."

말투가 부자연스러웠다.

"그렇군요."

아가씨가 웃었다. 스무 살이나 되었을까. 이가 예뻤다. 눈도 예쁘고 하얗게 부풀어 오른 목구멍이 녹아내릴 듯 귀여웠다. 다 예뻤다. 낚싯대를 어깨에서 내리면서 말했다.

"오늘은 은어 해금날이니까, 어린아이도 쉽게 낚을 수 있을 걸요."

"전 못 잡아도 상관없어요."

사노는 낚싯대를 강변 풀밭 위에 살짝 내려놓고 담배를 피웠다. 사노는 호색한은 아니었다. 그저 세상 물정을 잘 모를 뿐이다. 더 이상 그 아가씨에겐 관심 없다는 듯, 점잖은 체 유유히 담배 연기를 내뿜으며 계절의 정취를 느끼고 있었다.

"잠깐만, 이리 줘봐요."

아가씨는 사노의 낚싯대를 집어들고 실을 끌어당겨 바늘을 한 번 쳐다보더니,

"이건 안 되죠. 피라미 제물낚시 바늘이잖아요."

사노는 창피했다. 아무렇게나 드러눕더니 하늘을 바라보며 강가에 뒹굴었다.

"똑같은 거예요. 그 바늘로도 두어 마리 잡았거든요."

거짓말을 했다.

"내 바늘을 하나 드릴게요."

아가씨는 사노 옆에 쭈그리고 앉아 가슴 쪽 주머니에서 작은 꾸러미를 꺼내 낚싯바늘을 바꾸는 작업에 착수했다. 사노는 누워서 구름을 바라보고 있었다.

"이 바늘은요,"

아가씨는 금색의 작은 바늘을 사노의 낚싯줄에 묶으면서 중얼거렸다.

"오소메라고 해요. 저는 낚싯바늘 하나하나에 이름을 붙여줘요. 오소메. 이름이 귀엽죠?"

"그렇군요. 고마워요."

사노는 쑥맥이었다.

'오소메라고? 참나. 그만 참견하고 빨리 저리 갔으면 좋겠는데. 오지랖이 넓으시군요. 이런 친절, 달갑지 않거

든요.'

　"됐어요. 이번에는 잡을 수 있을 거예요. 이곳은 아주 잘 잡히는 곳이니까요. 전, 항상 저 바위 위에서 낚시해요."

　"당신은,"

　사노는 일어나면서 물었다.

　"도쿄 사람입니까?"

　"어머, 왜요?"

　"아니, 그냥,"

　사노는 당황해서 얼굴이 빨개졌다.

　"전, 이 동네 사람이에요."

　아가씨의 얼굴도 약간 붉어졌다. 그녀는 고개를 숙이고 키득키득 웃으며 바위 쪽으로 걸어갔다.

　사노는 다시 조용히 낚싯줄을 드리우며 여름 풍경을 바라보았다. 그런데 갑자기 '첨벙' 하는 소리가 들렸다. 분명히 '첨벙' 하는 소리였다. 뒤돌아보니 아가씨가 멋들어지게 바위에서 떨어졌다. 가슴까지 물에 흠뻑 잠겨 버렸다. 낚싯대를 움켜쥐고,

　"어머, 어머."하면서 물가로 기어 올라왔다. 완전히 물에 빠진 생쥐의 모습이었다. 흰 치마가 두 다리에 찰싹 달

라붙어 있었다.

사노는 웃었다. 참으로 유쾌하게 웃었다.

'꼴 좋다.'

기분이 아주 좋았을 뿐 동정심은 일지 않았다. 그는 웃다 말고 갑자기 아가씨의 가슴을 가리키며 소리쳤다.

"아, 피, 피가!"

아침에는 그녀의 다리를 가리키더니 이번에는 가슴을 가리키고 말았다. 아가씨의 하얀색 옷 가슴 언저리에 장미꽃만 한 피가 배어 있었다.

그녀는 고개를 숙여 자신의 가슴을 힐끗 쳐다보더니, 아주 천연덕스럽게 말했다.

"뽕나무 열매예요."

"여기에 뽕나무 열매를 넣어뒀거든요. 이따가 먹으려고 했는데 이제 못 먹겠네."

바위에서 미끄러지면서 뽕나무 열매가 짓눌린 모양이다. 사노는 또다시 부끄러워졌다.

아가씨는,

"쳐다보지 마세요."라는 말을 남기고 강기슭의 황매화 나무가 우거진 수풀 속으로 자취를 감췄다. 다음 날도, 그다음 날도 그녀는 강가에 나오지 않았다. 사노 혼자 유유자적하게 버드나무 밑에서 낚싯줄을 드리우고 계절의 정취를 즐기고 있었다. 그 아가씨를 다시 만나고 싶은 생각은 없었던 모양이다. 사노는 그렇게 호색한 청년은 아니었다. 그저 눈치가 없을 뿐이다. 사흘 동안 계절의 정취를 느끼며 낚시를 즐기다 은어 두 마리를 낚아 올렸다. '오소메'라는 낚싯바늘 덕분이라고 생각할 수밖에 없었다. 은어는 버드나무 잎만한 크기였다. 숙소에서 튀겨줘서 먹었는데 기분이 썩 좋지는 않았다고 한다. 나흘째 되는 날 사노는 집으로 돌아갈 채비를 했다. 그날 아침에 은어를 사기 위해 숙소를 나섰다가 아가씨를 다시 만났다고 한다. 그녀는 노란색 실크 치마를 입고 자전거를 타고 있었다.

"안녕하세요?"

사노는 순진했다. 큰 소리로 인사했다.

아가씨는 가볍게 고개만 숙이고 자전거를 타고 사라졌다. 뭔가 표정이 심상치 않았다. 자전거 뒤에는 창포 꽃다발이 실려 있었다. 흰색과 보라색 창포꽃이 하늘하늘 고개를 흔들고 있었다.

점심 무렵 숙소에서 나와 한 손엔 가방을, 다른 한 손엔 얼음으로 채운 은어 상자를 들고 버스 정류장까지 5백여 미터를 걸었다. 먼지가 많은 시골길이다. 이따금 멈춰 서서 짐을 내려놓고 땀을 닦았다. 그리고 한숨을 내쉬며 다시 걸었다. 3백 미터 정도 걸었을 때였다.

"이제 돌아가시는 건가요?"

등 뒤에서 말을 걸기에 돌아보니 아가씨가 웃고 있었다. 손에는 작은 국기를 들고 있었다. 노란 실크 치마도 고급스러웠고 머리의 코스모스 장식도 꽤 잘 어울렸다. 그녀는 어떤 할아버지와 함께 있었다. 무명 줄무늬 기모노를 입은 작은 체구의 노인은 성실해 보이는 사람이었다. 울퉁불퉁 거친 오른손에는 조금 전 봤던 그 창포 꽃다발이 들려 있었다.

'아, 이 노인에게 주려고 자전거를 타고 왔던 거로구나.'

사노는 혼자 고개를 끄덕였다.

"낚시는 어땠어요? 좀 잡았나요?"

놀리는 듯한 말투였다.

"아니요."

사노는 쓴웃음을 지으며 대답했다.

"당신이 물에 빠지는 바람에 은어가 놀라서 달아났는지 잡히지 않더군요."

사노로서는 더할 나위 없는 응수였다.

"물이 탁해진 걸까?"

아가씨는 웃지 않고 나지막하게 중얼거렸다.

노인은 희미하게 미소를 지으며 걷고 있었다.

"왜 깃발을 들고 있는 겁니까?"

사노는 화제를 돌렸다.

"출정했거든요."

"누가요?"

"제 조카입니다."

노인이 대답했다.

"어제 떠났어요, 그래서 제가 술을 많이 마시는 바람에 여기서 묵은 겁니다."

눈이 부신 듯한 표정이었다.

"그거 축하할 일이군요."

사노는 아무렇지도 않게 말했다. 전쟁이 막 시작되었을 무렵에는 이런 식으로 인사를 주고받기가 어려웠다. 하지만 지금은 아무렇지도 않게 이런 인사말을 할 수 있었다. 사람들은 점점 전쟁에 익숙해져 가고 있었다. 다행이라고 사노는 생각했다.

"아저씨가 예뻐했던 조카였으니까요."

아가씨는 영리하게, 그리고 침착한 어조로 설명했다.

"아저씨가 어젯밤 너무 쓸쓸해 하셔서, 하룻밤 묵은 거예요. 잘못된 건 아니죠. 전 아저씨를 위로해 드리고 싶어서 오늘 아침에 꽃을 사다 드렸어요. 그리고 깃발을 들고 배웅나온 거예요."

"당신 집은 여관인가요?"

사노는 아무것도 모르고 있었다. 아가씨도 노인도 웃었다.

정류장에 도착했다. 사노와 노인은 버스에 올라탔다. 아가씨는 창밖에서 팔랑팔랑 국기를 흔들었다.

"아저씨, 너무 속상해하지 마세요. 누구나 다 가는 거잖아요."

버스가 출발했다. 사노는 왠지 서글퍼졌다.

"아가씨가 정말 착했어, 결혼하고 싶을 만큼 좋은 사람이었거든."

사노는 진지한 얼굴로 그렇게 말했지만 나는 기가 막혔다. 나는 알고 있었다.

"멍청하기는. 자네는 너무 바보 같아. 그 사람은 여관을 운영하는 아가씨가 아니잖아. 생각해 봐. 6월 초하루 아침부터 산책하거나 낚시하며 놀았다고 했지? 그렇다면 다른 날에는 놀지 못한다는 거잖아. 다른 날에 그녀의 모습을 본 적 있어? 없을 거야. 매달 초하루만 쉴 테니까. 그렇지?"

"아, 그렇구나. 그럼 카페 여종업이었나?"

"그랬으면 좋겠지만, 아무래도 그런 것 같지는 않네. 그 노인이 자네를 보고 부끄러워했다지? 그 숙소에 머문 사실을 부끄러워했잖아?"

"아! 그렇구나. 뭐야."

사노는 주먹을 불끈 쥐고 테이블을 탁하고 쳤다. 이렇게 된 이상 소설가가 될 수밖에 없다고, 또 각오를 다지는 모양이었다.

나는 다른 좋은 집안의 따님보다 그 은어 아가씨가 훨씬 나을지도 모른다고 생각한다. 하지만 나는 역시 세속적인 사람이다. 내 친구가 그런 처지의 여자와 결혼한다고 하면 완강하게 반대할 거니까.

고사카이 후보쿠

연애 곡선

서홍 옮김

고사카이 후보쿠(小酒井不木 1890~1929)

아이치 현 출신으로 본명은 고사카이 미쓰지. 의학자, 수필가, 번역가, 추리작가, 범죄연구가이다. 도쿄대학 의과대학 졸업 후 대학원에서 생리학과 혈청학을 전공했다. 미국과 유럽에서의 유학 생활 중에 접한 에드거 앨런 포와 코난 도일의 영향으로 탐정소설의 세계에 빠져들었다. 의학자로서 생리학, 혈청학 연구로 국제적인 업적을 이루었으며 의학적 지식을 살린 탐정소설, 평론, 수필을 써서 탐정소설의 대중화에 공헌한 것으로 인정받는다. 잡지 《신청년》에 범죄 문학 연구와 살인론 등을 발표하였으며 「인공심장」, 「연애곡선」, 「의문의 검은 틀」, 「투쟁」 등의 탐정소설을 썼다. 그의 소설은 풍부한 의학·과학적인 지식과 범죄 심리를 묘사한 내용이 주를 이루는데 1926년에 발표한 「인공심장」은 일본 최초의 순수 SF소설로 인정받고 있다.

연애 곡선

친애하는 A군!

나는 지금 자네 인생의 성대한 의식을 진심으로 축하하며 '연애 곡선'이라는 선물을 보내려 하네. 이런 선물은 결혼 선물로는 물론이고 세상이 열린 이후 그 어떤 곳에서도 그 누구도 한 적 없을 걸세. 이런 얘길 하다 보니 자부심까지 느껴지는군. 보잘 것 없는 가난한 의학자인 내가, 설사 내 전 재산을 쏟아부어 무언가 산다 한들 백만장자의 맏아들인 자네를 만족시킬 순 없겠지. 그래서 숙고에 숙고를 거듭한 끝에 이 연애 곡선을 생각해 냈다네. 이거라면 자네의 마음을 움직이고도 남을 거라고 생각하니 심장이 마구 뛰는군. 이렇게 심장의 고동이 크게 느껴진 건 태어나서 처음인 것 같네. 또한 자네의 결혼 상대인 유키에 씨와도 모르는 사이가 아니니 두 사람이 영원히 행복하길 바라는 나로서는 연애 곡선으로 이렇게나마 성의를 표하고자 하네. 나 같은 외골수 과학자가 연애라는 단어를 사용하는 것부터가 우습겠지만 난 자네가 생각하는 그런 냉혈한은 아니라네. 따스한 피가 흐르는 사람이지. 그렇기 때문에 자네의 결혼에 무관심할 수 없었고, 고심 끝에 행운을 비는 마음으로 이 선물을 생각해 낸 걸세.

자네의 결혼식이 내일인데 오늘 밤에야 편지를 쓰다니 너무 예의 없어 보이겠지만 이해해 주게. 연애 곡선이 오늘 밤에나 완성될 거라서 나도 애가 탔다네. 그래도 내일 아침에라도 자네 손에 전할 수 있게 되어서 다행이네. 자네는 아마도 무척 바쁠 테지만, 그렇더라도 이 편지를 끝까지 읽어 줄 거라고 믿네. 그럼 이제 연애 곡선이 무엇인지 먼저 설명해야 할 것 같군. 한마디로 그건 연애의 극치를 곡선으로 표현한 거라고 할 수 있지. 세상이 시작된 이래로 누구도 시도하지 않았을 선물의 유래를 알려 주지 않는다면 자네도 의구심이 들 테고 나 역시 미련이 남을 테니 지루하더라도 참고 읽어 주게.

자네에게 이 연애 곡선의 유래를 명료하게 설명하기 위해서는 일단 자네의 결혼에 대한 내 심정을 말해야 할 것 같군. 자네를 마지막으로 만나고 거의 반년이 지나도록 소식 한번 전하지 않았던 내가 갑자기 들어본 적도 없는 선물을 하는 데는 무언가 이유가 있다는 걸 짐작하겠지. 아니, 총명한 자네는 그 이유까지 이미 알아차렸을지도 모르겠군.

자네는 나를 차가운 피가 흐르는 사람이라고 생각하는 것 같네만, 그런 내가 사랑의 패배자라는 사실 역시 자네는 너무나도 잘 알고 있을 걸세. 그러니 사랑의 승리자인 자네는 내 선물이 한편으로는 얼마나 슬픈 추억으로 가득 차 있는지도 충분히 이해할 거라 믿네. 아니, 자네는 여자들에게 실연의 상처를 주기만 했지 실연의 고통을 맛본 적이 없을 테니 동정심이 일지 않을 수도 있겠군. 여자들은 자네에게 신비한 매력을 느끼는 모양이야. 그러니 자네에겐 한 여자를 빼앗기고 실연의 늪에 빠져 있는 나 같은 남자가 도리어 기괴하게 보일지 모르겠군.

하지만 어떻게 생각하든 상관없네. 나 역시 자네의 그 신비한 힘이 부러워서 견딜 수가 없으니까. 특히 자네의 경제력은 부러움을 넘어 원망스럽기까지 하군. 그 돈의 힘 앞에 유키에 씨의 부모가 머리를 조아리고 유키에 씨도 여지없이 그 뒤를 따랐지. 이렇게 말하면 내가 자네에게 아주 무서운 적개심을 품고 있는 것처럼 보이겠지만 나는 원래 의지가 약한 인간이라 타인에게 그렇게 하지 못한다네. 정말로 적개심을 품고 있다면 이런 선물은 하지 않겠지. 자네에게는 미안한 일이지만, 아직도 유키에 씨에게 미련이 있는 내가 그녀의 남편이 될 자네에게 어떻게 적의를 품을 수 있겠나. 이 편지를 쓰는 지금도 여전히 나는 두 사람의 행복을 바라고 있다네.

반년 전, 실연의 상처를 입은 나는 그 후 세상과의 관계를 끊고 연구실에 처박혀 오로지 생리학 연구에만 매진했네. 연구만이 내 생명이고 연인이었어. 때로는 오래된 늑막염 상처가 쑤셔 오듯이 오래된 마음의 상처가 욱신거렸던 적도 있지만...... 모두 지나간 일이라고 체념하고 연구에 전념한 끝에 슬픈 마음을 가라앉힐 수 있었고, 두 사람의 결혼식 날짜마저 깜빡 잊을 뻔했지. 그런데 며칠 전 우연히 자네가 드디어 내일 결혼한다는 소식을 듣고 가라앉아 있던 기억이 소용돌이치며 떠올라 이번 선물을 계획하기에 이르렀다네.

사업가인 자네는 과학자라는 인간이 어떤 생활을 하

고, 무슨 생각을 하며, 무슨 연구를 하는지 잘 모를 걸세. 겉보기에 과학자의 생활은 너무도 건조하고, 연구 과제는 딱딱해 보이겠지만 진정한 과학자는 언제나 인류를 염두에 두고, 인류애를 바탕으로 연구를 한다네. 그러니 진정한 과학자에게는—사이비 과학자는 어떨지 모르지만—아마도 누구보다 따뜻한 피가 흐르고 있을 걸세. 만약 그렇지 않다면 진정한 과학은 할 수 없는 거지.

이제 내가 실연의 아픔을 맛본 뒤 고른 연구 주제가 무엇인지 말하겠네. 그래, 비웃게나. 그건 바로 심장의 생리학적 연구일세. 하지만, 이 주제는 결코 브로큰 하트(broken heart) 때문에 선택한 게 아닐세. 나에겐 그런 치기는 없다네. 망가진 심장을 고치기 위해 심장 연구를 시작했다고 하면 무슨 소설 같겠지만 나는 학창 시절부터 심장의 기능에 흥미가 있었기 때문에 그저 좋아하는 과제를 선택했을 뿐이야. 우연히 선택한 연구과제가 뜻밖에도 도움이 되어 자네의 일생에 가장 축하해야 할 의식에 연애 곡선을 선물할 수 있게 된 걸세.

연애 곡선! 이에 대한 설명에 앞서 심장이 보통 어떤 방법으로 연구되고 있는지 그것부터 말하겠네. 심장의 기능을 알아보는 가장 좋은 방법은 그걸 몸 밖으로 꺼내서 연구하는 걸세. 심장은 몸 밖으로 꺼내더라도 적당한 조건을 맞춰 주기만 하면 박동을 계속하거든. 하등동물의 심장뿐 아니라 일반 온혈동물 그리고 인간의 심장 역시 육체를 벗어나더라도 스스로 확장과 수축 운동을 반복한다네. 심장을 꺼내면 그 개체는 죽게 되는데, 심장은 살아서 계속 움직인다니! 그야말로 불가사의한 현상이 아닌가.

만약 지금 자네의 심장을 꺼내 박동하게 한다면 어떤 모습일까. 또 유키에 씨의 심장을 꺼내 박동하게 한다면 그건 또 어떤 모습일까. 더 나아가 자네의 심장과 유키에 씨의 심장을 나란히 박동하게 한다면 어떤 현상을 볼 수 있을까. 손발과 몸통을 지닌 인간은 거짓이 많지만, 말 그대로 심장은 적나라하니까 누구의 눈치도 보지 않고 고동치겠지. 결혼을 목전에 둔 자네들의 심장을 떠올리며 얼토당토않은 상상 속에서 지금 이렇게 이 편지를 쓰고 있는 걸세.

의도치 않게 얘기가 좀 빗나갔네만, 동물은 물론 인간도 죽은 후 심장을 꺼내서 적당한 조건 아래에 두면 다시 움직이기 시작하거든. 크라브코라는 사람이 사후 20시간이 지난 인간의 사체에서 심장을 꺼내 움직이게 했더니 거의 1시간 동안 움직였다더군. 인간이 죽더라도 심장만은 스무 시간이나 더 살아 있었다니 심장이 얼마나 생에 대한 집착이 강한지 잘 알 수 있겠지. 옛날부터 연애의 상징으로 하트를 선택한 것도 우연이 아닌 것 같네. 어찌 보면 인생의 모든 신비가 이 심장에 숨겨져 있다고 해도 될 걸세. 인생의 신비를 탐구하고자 하는 내가 심장을 연구 주제로 삼은 게 이제 이해될 거라 생각하네.

연애 곡선의 유래를 밝히려면 심장을 어떻게 꺼내고 어떤 방법으로 다시 움직이게 하는지도 알려 줘야겠지. 자네가 바쁘다는 건 알지만, 나 역시 이 편지를 다 쓰면 바로 연애 곡선을 제조해야 하니 마음이 급한 것은 마찬가지일세. 그러니 이해해 주기 바라며 할 수만 있다면 자네의 심장 표면에 이 편지 문구를 새겨 넣고 싶을 정도이니 참고 읽어 주길 바라네.

처음에는 개구리 심장으로 연구했지만, 의학은 인간을 대상으로 하는 학문이라서 최대한 인간과 가까운 동물을 선택해야겠다 싶어 최근에는 주로 토끼의 심장으로 연구를 해 왔네. 토끼 심장은 개구리보다 훨씬 다루기가 까다롭더군. 처음에는 조수가 필요했지만, 나중에는 혼자서 다 할 수 있게 됐어. 먼저 집토끼고정기에 토끼의 사지를 묶고 나서 에테르 용액으로 마취를 하는 거야. 그 다음에 메스와 가위로 흉벽의 심장부를 넓게 잘라 심장낭을 열면 힘차게 움직이고 있는 심장이 모습을 드러내지.

가슴속 깊이 숨겨져 있는 심장은 바깥 공기에 닿아도 아무렇지 않은 얼굴로 계속해서 뛴다네. 알겠나? 심장은 정말 보통내기가 아니라는 걸. "하트는 마음대로 할 수 없다."라고 누군가 말했는데 정말 그렇다네. 마침내 심장이 드러나면 이번에는 그걸 잘라내야 하는데 그대로 메스를 대면 출혈 때문에 수술을 할 수 없게 되니까 대정맥, 대동맥, 폐정맥, 폐동맥 같은 대형 혈관을 모두 실로 묶은 후에 메스로 큰 혈관들을 잘라낸다네.

떼어낸 토끼의 심장은 곧바로 섭씨 36도 정도로 데운 록씨액을 넣어 둔 접시에 담그는데 그러면 밤톨 정도 크기의 토끼 심장은 축 늘어지며 일시적으로 박동이 멈추지. 그때 재빨리 폐동맥과 폐정맥의 절단면을 묶고 대동맥과 대정맥의 절단면에 유리관을 꽂은 다음에 심장을 꺼내서 특수하게 만들어진 30센티 정도 크기의 정육면체 상자 안에 넣는 거야. 그리고 심장과 이어진 유리관을 상자 안의 적당한 장소에 연결해서 섭씨 37도로 따뜻하게 데운 록씨액을 주입하면 심장은 다시 멋지게 뛰기 시작한다네. 이 록씨액은 1퍼센트의 염화나트륨, 0.2퍼센트의 염화칼슘, 0.2퍼센트의 염화칼륨, 0.1퍼센트의 중탄산나트륨 수용액인데 혈액 속의 염류 성분과 거의 일치하기 때문에 심장은 혈액을 공급받는 것과 유사한 상태가 되어서 박동이 계속되는 걸세.

하지만 이 용액만으로는 심장도 결국은 버티기가 힘들지. 아무리 삶에 대한 집착이 강한 심장일지라도 밖에서 에너지를 공급받지 못하면 계속 움직일 수는 없겠지. 그러니까 음식물 없이는 움직일 수 없다는 얘길세. 그래서 에너지원이 될 소량의 혈청 알부민이나 포도당을 이 용액에다 추가하면 심장 박동은 더 오랫동안 지속된다네. 가장 좋은 건 록씨액 대신 혈액을 통과시키는 것인데 일반적인 실험에서는 록씨액만으로도 충분해. 또 심장을 활발하게 움직이게 하려면 산소가 필요하기 때문에 록씨액에는 산소도 주입해 놓는다네.

상자 속 공기의 온도 역시 섭씨 37도 내외로 설정되어 있어. 상자 위에서 흘러내리는 록씨액은 심장을 통과한 뒤 상자 아래로 떨어지게 되어 있어서 상자 안에서는 오직 심장만이 움직이는 거지. 그 광경은 자네가 도저히 상상도 못 할 정도로 엄숙한 느낌을 준다네. 적출된 심장은 그 자체만으로도 훌륭한 생물이야. 장밋빛 붉은 바탕색에 노란 소국 꽃잎을 뿌린 듯한 모습의 마성의 생물. 물가로 유영해 오는 해파리처럼 수축과 확장 운동을 리듬감 있게 반복하는 그 모습을 가만히 바라보고 있으면 심장은 마치 스스로의 의지로 움직이는 것처럼 보이기도 해. 어떤 때는 그 심장에 작은 눈코가 생겨서 모체에서 분리된 것을 원망하고 있는 것 같기도 하고, 어떤 때는 바깥 공기에 닿은 것을 기뻐하는 것처럼 보이기도 한다네. 또 어떤 때는 심장만 도려내서 생물 본래의 심장 기능을 연구하겠다는 과학자의 어리석음을 비웃고 있는 듯이 보이기도 하고.

하지만 이건 그저 내 환각일 뿐 심장은 체내에 있든 체외에 있든 그저 자기 힘을 다해서 일하는 것이니 all or nothing(모 아니면 도)의 법칙이 엄연하게 적용되고 있는 거지. 다시 말해 심장은 일단 결심만 하면 전력을 다해서 일을 한다네. 그야말로 심장만큼 충실하게 제 역할을 하는 것은 좀처럼 찾아볼 수 없을 걸세. 이 또한 연애의 상징으로서 가장 적합하다고 생각하네. 어떤 자극이 오더라도 그 자극의 강약에 따라 박동의 정도가 변하는 일은 결코 없으니 말야. 고동칠 때는 온 힘을 다해 고동치고,

그렇지 않을 때는 절대로 고동치지 않는 심장의 성질이야말로 돈의 힘이나 다른 어떤 외압에도 꿈쩍도 하지 않는 진정한 연애와 견줄 만하다고 생각하네. 진정으로 사랑하는 사람들은 어떤 장애물이 가로막더라도 라디오 전파가 닿듯이 심박동의 울림은 서로 통한다고 생각하잖아. 자네도 아는지 모르겠지만 심장은 움직일 때마다 전기가 발생하기 때문에 그 전기를 연구하기 위해 전기 심전도계라는 게 발명되었지. 내 연애 곡선 완성에 가장 큰 도움을 준 게 바로 이 도구라고 할 수 있어.

하지만, 심전도계 설명을 하기 전에 적출한 심장의 운동을 어떻게 분석하고 연구할 건지 말해 두겠네. 눈으로 보는 것만으로는 정확한 비교연구를 할 수 없기 때문에 반드시 그 운동을 정확하게 기록해야 하는데, 그 기록이 바로 '곡선'인 거지. 연애 곡선은 연애 운동의 기록인 셈이지. 지진이 지진계에 의해 곡선으로 그려진다는 건 자네도 알고 있을 걸세. 운동하는 물체에서 돌출된 가는 지렛대 끝을 검댕이 칠해진 종이가 감겨 있는 회전 원통에 닿게 하면 물체의 운동에 따라 특수한 곡선이 원통 위에 하얗게 그려져. 심장의 운동 역시 같은 방법으로 먹지에 그릴 수 있는데 나는 특별히 심장에서 발생하는 전기에 흥미가 있었기 때문에 주로 아까 말한 심전도계를 사용했다네.

모든 근육은 운동할 때 반드시 어느 정도의 전기를 발생시키지. 동물전기라는 것인데 심장도 근육으로 만들어진 장기니까 박동할 때마다 전기가 발생해. 그 전기 발생의 형태를 곡선으로 나타내는 기계가 바로 심전도계라네. 이 기계는 네델란드의 아인트호벤이라는 사람이 최초로 발명했어. 곡선이라고 해도 그 원리는 조금 복잡해. 심장에서 나오는 전기를 일정한 방법으로 끌어내서 거미의 실보다도 가는, 백금으로 도금한 석영사에 통과시키는데 그 실의 양쪽 끝에 전자석을 두면 통과하는 전류의 양에 따라 실이 좌우로 흔들리지. 그때 아크등으로 비추면 실의 그림자가 좌우로 크게 흔들리는데 그걸 좁은 틈을 통해서 사진용 감광지에 직접 감지시킨 후 현상하면 심장의 전기 변화가 하얀 곡선으로 드러나게 돼. 감광지는 영화 필름처럼 감겨 있어서 이삼십 분 동안의 심장 운동을 연속적인 곡선으로 보여준다네. 내가 자네에게 보내려고 하는 곡선이 바로 이 감광지에 나타난 곡선이야.

나는 연구를 준비하면서 적출한 심장과 여러 약물의

반응에 대해 알아보았네. 가장 먼저 록씨액을 심장에 지나게 해서 곡선을 사진으로 찍었어. 이어서 시험할 약품을 록씨액과 섞어 사용한 뒤 심장에서 일어나는 변화를 곡선으로 촬영했네. 눈으로 보기엔 별 변화가 없는 것 같지만, 곡선을 비교해 보면 변화가 뚜렷해서 그 약물이 심장에 어떤 식으로 작용하는지를 알 수 있거든. 디기탈리스, 아트로핀, 무스카린 등의 맹독성 약물부터 아드레날린, 캠퍼, 카페인 등의 약제에 이르기까지 심장에 작용하는 독극물 및 약물 대부분에 대해 각각의 곡선을 완성했어. 하지만 이 정도는 그다지 새로운 연구도 아니고, 이미 많은 사람이 시도했으니 그저 본격적인 나의 연구를 위한 대조실험에 불과했지.

그럼 내가 하려는 진짜 연구가 뭐냐 하면 그건 감정과 심장 기능과의 관계라고 할 수 있네. 다시 말해 희로애락의 다양한 감정을 느낄 때, 심장의 전기 발생에 어떤 변화가 나타나는지 알아보는 것이라네. 누구나 그렇듯이 놀라거나 화가 날 때 심장의 고동은 변하지. 나는 적출한 심장을 통해서 그걸 객관적으로 관찰하고 싶었네. 공포의 순간 핏속에 아드레날린이 증가한다는 것은 이미 밝혀진 사실이니까 공포를 느낄 때의 혈액을 적출한 심장에 지나게 하면 아드레날린을 지나게 했을 때와 똑같은 변화가 곡선 위에 나타나야 하는 거지. 이 사실로 유추해 보면 공포 이외의 다른 감정도 혈액에 어떤 변화를 일으켜야 한다는 얘기가 되네. 그러니 동물에게 희로애락의 감정을 느끼게 한 뒤, 그 순간의 혈액을 적출한 심장에 통과시키면서 심전도계를 사용해 곡선을 찍으면 각각의 감정이 발현할 때마다 혈액 속에 어떤 성질의 물질이 나타나는지를 추정할 수 있다네.

이런 연구에는 여러 가지 어려움이 따른다네. 심장을 적출한 동물을 화나게 하거나 괴롭힌 뒤 채취한 혈액을 통과시키는 게 가장 이상적인 방법이지만 그건 불가능해. 그래서 어쩔 수 없이 A 토끼의 감정이 발현될 때 채취한 혈액을 B 토끼의 심장에 통과시키기로 했지. 그런데 더 힘든 난관에 부딪히고 말았다네. 토끼는 원래 표정이 없는 동물이라서 희로애락의 감정을 알 수 없다는 게 문제였어. 토끼를 화나게 만든 것 같아도 의외로 화가 나지 않을 수도 있고, 즐겁게 해줬다 싶어도 정작 즐거워하지 않을 수도 있으니 말이야. 그게 토끼 연구의 한계였다네.

그래서 토끼 말고 개를 상대로 실험해 보기로 했어. 즉 A 개를 화나게 하거나 기분 좋게 만들어서 그 혈액을 채

취한 다음 B 개에서 적출한 심장에 통과시켰어. 그렇게 해서 곡선은 만들 수 있었지만, 역시나 순조롭지 않았어. 왜냐하면 애써서 개를 기분 좋게 만들어 놔도 피를 뽑으려고 하면 갑자기 으르렁대며 달려드는 바람에 결국 분노의 곡선이 되고 말았거든. 그렇다고 개를 마취하면 감정을 느낄 수 없게 되니 그렇게 할 수도 없고. 분노나 공포의 곡선만이 제대로 된 연구가 된 셈이지.

　이런 이유로 다양한 감정 발현 시의 혈액이 심장에 미치는 영향을 제대로 연구하려면 인간을 대상으로 실험하는 수밖에 없게 되었네. 인간이라면 화났을 때의 혈액, 슬플 때의 혈액, 기쁠 때의 혈액을 비교적 손쉽게 채취할 수 있으니까. 그렇지만 인간 실험에서의 문제는 심장을 손에 넣기가 쉽지 않다는 거야. 죽은 사람의 심장도 좀체 손에 넣을 수 없는데 하물며 살아 있는 사람의 심장이야 어떻겠는가. 그래서 어쩔 수 없이 토끼의 심장으로 실험하기로 했다네. 혈액 역시 기꺼이 제공해 줄 사람이 없었기 때문에 내 피로 실험하기로 한 거지. 나는 소설을 읽으며 때로는 슬퍼하고, 분노하고, 또는 기뻐하며 그때마다 주삿바늘로 왼쪽 팔 정맥에서 혈액 5그램씩을 채취해 실험했네. 토끼나 개도 그렇지만 혈액을 뽑을 때는 응고를 막기 위해 주삿바늘 속에 일정량의 수산 나트륨을 넣어 두었어.

이렇게 해서 완성된 곡선을 살펴보니 기쁠 때, 슬플 때, 괴로울 때 등 감정에 따라 확실한 차이가 보였어. 공포를 느꼈을 때의 곡선은 역시나 아드레날린을 흘려보냈을 때의 곡선과 유사했고, 쾌락을 느꼈을 때의 곡선은 모르핀을 흘렸을 때의 곡선과 유사했다네. 하지만 전체적으로 비슷하기는 해도 미세한 부분에 있어서는 저마다 차이가 있었어. 그래서 나중에는 어느 것이 공포의 곡선이고 유쾌할 때의 곡선인지, 어느 것이 아드레날린 곡선이고 모르핀 곡선인지를 구별할 수 있게 되었다네. 더구나 이 곡선을 통해 토끼의 심장이든 개의 심장이든 혹은 양의 심장이든 같은 변화의 양상을 보인다는 걸 알게 되었지.

이보게. 학자들은 누구든 연구에 매진할수록 연구에 대한 욕구가 더 강해진다는 걸 아는가. 토끼와 개 그리고 양을 연구해서 같은 결과를 얻었으면 그걸로 만족해야 하는데 나는 한 발 더 나가 어떻게든 인간의 심장으로도 실험해 보고 싶었다네. 앞에서도 말했듯이 인간의 심장은 사후 20시간이 지나도 다시 뛸 수 있으니까 하다못해 사체의 심장이라도 구하려고 병리해부학 연구실과 임상과 연구실에 있는 지인에게 부탁해 두었어.

그리고 운 좋게도 어떤 여자의 심장을 손에 넣을 수 있었네. 열아홉 살 된 결핵환자였는데 사랑하는 남자에게 버림받고, 그 충격으로 건강이 나빠져 입원했지만 끝내 사망하고 말았지. 생전에 "내 심장에는 틀림없이 커다란 금이 가 있을 거예요. 내가 죽으면 심장을 해부해서 의학 실험용으로 써주세요."라고 입버릇처럼 말했다는군. 마침 그녀의 담당의가 내 친구였기 때문에 유언대로 내가 그 심장을 사용할 수 있게 된 거지.

토끼, 개, 양 등 동물의 심장을 적출하는 것은 이미 익숙해져 있었지만, 비록 사체이기는 해도 그 여자의 밀랍처럼 차갑고 흰 피부에 메스를 댔을 때는 알 수 없는 전율이 손끝에서 온몸으로 퍼져나갔네. 하지만 얇은 지방층, 이상하리만치 붉은 근육층, 늑골, 이어서 흉곽을 열고, 심막을 찢고 심장을 꺼냈을 때는 평소의 냉정한 상태로 돌아와 있었네. 역시나 그녀의 심장에 금은 가 있지 않았지만, 현저히 말라 있었어. 그때까지 동물의 살아있는 심장만 봐왔던 터라 처음엔 그게 심장이 맞나 싶을 정도였다네. 사후 15시간이 경과했지만, 이상하게 선득해서 나는 도려낸 심장을 손에 든 채로 잠시 멍하니 있었다네. 그러다가 퍼뜩 정신이 들어 그걸 따뜻한 록씨액 속에 넣어 잘 씻은 뒤 상자 안에 설치했네. 이어서 록씨액을 흘려보내니 처음에는 잠들어 있는 것 같던 심장이 잠시 후 팔딱팔딱 움직이기 시작하더니 이윽고 힘차게 고동치기 시작하더군. 예상한 일이었지만, 마치 그 여자가 살아난 것 같이 느껴졌다네.

나는 뭐라고 표현할 수 없는 장엄한 기분에 휩싸여 실험 중이라는 사실도 잊고 그 미묘한 운동을 바라보고 있었다네. 그리고 그 심장의 주인에 대해 생각했지. 실연! 너무나도 슬픈 운명. 나는 그게 남의 일 같지 않았어. 나역시 실연의 고통을 느끼고 있는 인간이었으니까. 이 심장은 주인이 살아 있을 때 얼마나 격렬하게 또 얼마나 슬프게 고동쳤을까. 그 오랜, 괴로운 기억도 지금은 록씨액으로 씻겨진 듯 보이고 어떤 것에도 구애받지 않고 수축과 확장만을 반복하고 있군. 아마 그녀가 실연한 뒤로 이심장은 하루도 평온하게 고동치지 못했겠지. 뛰어라, 뛰어. 록씨액은 얼마든지 있으니까 뛰고 또 뛰어라. 남김없이 모두.

문득 정신을 차리고 보니 심장은 현저하게 힘이 약해

져 있었네. 무리도 아니지. 다시 뛰기 시작하고 나서 거의 한 시간이 지났으니. 공상에 사로잡혀 시간을 낭비하고 감정 연구를 잊고 있었던 나는 과학자로서의 냉철함을 잊은 것을 부끄러워하며 어렵사리 얻은 귀중한 재료를 헛되게 해서는 안 된다고 생각했네. 그 순간 떠오른 것이 바로 실연의 감정 연구였네. 실연한 사람의 심장에 실연한 내 혈액을 지나게 해서 곡선을 얻는다면 그거야말로 이상적인 실연 곡선이 아닐까.

나는 재빨리 왼쪽 팔에서 뽑은 피를 이 심장으로 흘려 보내고 심전도계를 작동시켰지. 점점 약해지던 심장에 내 피가 닿자 갑자기 활기를 띠며 거의 서른 번 정도 격렬하게 박동하더군. 그러다가 금방 또 힘이 약해지더니 심박동이 딱 멎어버렸어. 심장이 죽은 거야. 완전히 죽은 거지. 하지만 곡선만은 선명하게 그려졌어. 그걸 분석했더니 비애, 고통, 분노, 공포 같은 아니, 그 어떤 것과도 유사하지 않은 특징을 보였네.

이렇게 실연 곡선을 얻게 된 나는 실연의 반대 감정인 연애 곡선을 만들고 싶어졌네. 과학자의 끝없는 욕망이 겠지. 하지만 연애 감정을 느꼈던 건 과거이고 지금은 실연의 감정만 남아 있는데 내가 과연 연애 곡선을 만들 수 있을까 하는 의문이 들었지. 그래서 포기하려고 했지만 그럴수록 더욱더 만들고 싶어서 견딜 수가 없었네. 결국 이것이 일종의 강박관념이 되어 버린 거지.

자네에게는 실례일지 모르지만, 자네와 달리 유키에 씨 말고는 누구에게도 사랑을 느껴보지 못했던 내가 이제 와서 새삼 누구에게 진실한 사랑을 느낄 수 있겠는가. 나는 유키에 씨 말고 누구에게서도 진실된 사랑을 느낄 수가 없네. 그러니 연애 곡선은 절대로 만들 수 없을 거라고 생각하면서도 한번 생긴 강박관념은 쉽게 사라지지 않더군. 그래서 실연을 연애로 바꿀 방법을 생각하고 또 생각했네. 이러다 미치는 게 아닐까 싶을 정도로 말이야.

그런데 예기치 않게 요전 날 자네와 유키에 씨가 마침내 결혼한다는 소식을 들은 거지. 그러자 마른 장작에 불이 붙은 것처럼 실연의 슬픔이 내 몸속에서 맹렬하게 타올랐네. 그야말로 실연의 감정이 절정에 달한 걸세. 바로 그때 나는 이 절정에 달한 실연의 감정을 응용해서 연애 곡선을 그릴 수도 있다는 신념을 갖게 되었다네.

자네도 수학에서 마이너스와 마이너스를 곱하면 플러스가 된다는 건 배웠을 걸세. 나는 이 원리를 응용해서 실연을 연애로 바꾸려고 생각한 거지. 즉, 실연의 감정이 절정에 달한 내 혈액을 같은 감정 상태인 여자의 심장에 통과시킨다면 그때의 곡선이야말로 연애의 극치를 나타내는 거라고 생각했네. 이렇게 말하면 자네는 실연의 감정이 절정에 달한 여자를 어디서 구할 거냐고 묻겠지. 하지만, 그런 염려는 말게. 왜냐하면 내가 말한 이런 원리를 생각해 낸 것도 실은 그런 상태의 여자를 발견했기 때문이니까. 그 여자가 바로 자네와 유키에 씨와의 결혼 소식을 전해준 사람일세.

아마도 짐작 가는 데가 있을 걸세. 그 여성이야말로 자네의 결혼으로 인해 실연의 고통이 극치에 달했으니. 자네는 연애 경험이 많으니 여자의 기분도 조금은 알겠지만, 내가 유키에 씨 한 사람만 생각하고 있는 것처럼 그녀 역시 한 남자에게만 진실한 사랑을 느끼기 때문에 자네들의 결혼으로 인해 실연의 고통이 절정에 달한 거지. 자네들의 결혼으로 실연의 감정을 느낀 나와 그 여자가 하나의 곡선을 만들어 내면 그거야말로 진정한 연애 곡선이 아닐까. 더구나 그 여자는 절망한 나머지 죽음을 각오하고 있다네.

이보게. 죽음보다 강한 것이 세상에 있을까. 나는 그녀의 결심을 듣고 내 실연의 강도가 너무 미약해서 오히려 부끄러웠네. 나는 그 여자 덕분에 용기를 얻었어. 그리고 오늘 밤 직접 그녀를 만나서 연애 곡선을 만들려는 계획을 털어놓았지. 여자는 기꺼이 죽음을 택할 테니 부디 자신의 심장을 꺼내서 내 피를 통과시켜 달라고 했어. 그리고 곡선이 완성되면 자네 앞으로 보내 주라고 했네. 그래서 나도 결심하고 마침내 연애 곡선 제조에 착수한 걸세.

나는 지금 연구실 전기 심전도계 쪽에 놓인 책상에서 이 편지를 쓰고 있네. 설마 심야의 생리학연구실에서 연애 곡선을 만들 거라고 생각하는 사람은 없을 테니 누구에게도 방해받지 않고 계획을 실행할 수 있게 되었네. 밤은 고요히 깊어 가고, 실험용으로 키우는 개가 정원 한쪽 구석에서 두세 번 짖은 뒤로는 연구실 유리창으로 불어오는 늦가을 밤바람 소리만이 희미하군. 나에게 심장을 제공한 여자는 지금 내 발밑에서 깊은 잠에 빠져 있네. 좀 전에 연애 곡선 제조의 순서와 계획을 얘기해줬더니 아주 기뻐하며 다량의 모르핀을 마셨어.

이제 그녀는 다시 깨어나지 않겠지. 그녀가 모르핀을 마신 뒤 나는 록씨액을 데우기 시작했고 전기 심전도계 준비를 마치고 이 편지를 쓰기 시작했네. 모르핀을 마신 뒤 그녀는 내가 준비하는 모습을 행복한 표정으로 보고 있다가 마침내 잠에 빠져들었네. 말로 표현할 수 없는 아름다운 죽음. 지금 그녀는 가볍게 숨을 쉬고 있지만, 다시는 그녀의 목소리를 들을 수 없다고 생각하니 펜을 쥐고 있는 손이 자꾸 떨려오는군. 두서없는 글이지만 이 편지를 다시 읽어볼 여유가 없네. 이제 그녀의 심장을 꺼내야 하니까.

40분 걸렸다.

그녀의 심장을 꺼내서 상자에 묶고, 록씨액을 통과시킨다. 수술할 때 그녀의 심장은 계속 뛰고 있었다. 이것은 생전에 그녀가 원하던 바였다. 그녀는 완벽한 연애 곡선을 만들기 위해서 심장이 아직 움직이고 있을 때 꺼내달라고 했다. 메스를 댈 때, 혹시나 그녀가 눈을 뜨지 않을까 생각했지만, 심장을 꺼낼 때까지 그녀는 편안히 자고 있었다. 아직도 가볍게 숨을 쉬고 있는 것처럼 보일 정도다. 전등 불빛이 비추는, 숨을 거둔 그녀의 모습은 그저 아름답다고밖에 달리 표현할 말이 없다.

심장은 지금 너무나 경쾌하게 뛰고 있다. 빨리 내 피를 달라고 재촉하는 것 같다. 드디어 내 피를 뽑을 차례다. 연애 곡선의 완성과 그녀의 비장한 희망을 만족시키기 위해 지금까지 시도해 보지 않았던 채혈법을 사용하려고 한다. 지금까지는 주삿바늘로 왼쪽 팔 정맥에서 피를 뽑았지만, 이번엔 내 왼쪽 요골 동맥에 유리관을 꼽고 고무관으로 연결해서 내 동맥의 피가 직접 그녀의 심장 속으로 흘러 들어가게 할 것이다. 살아있는 심장을 제공해 준 그녀에게 이 정도의 보답은 당연한 일이다. 무엇보다 이건 연애 곡선 완성에 필요한 일이니까.

20분 걸렸다.

드디어 내 동맥의 피가 그녀의 심장 속으로 흘러 들어간다. 혈액은 전혀 응고되지 않고 기세 좋게 흘러간다. 실험은 흠잡을 데가 없다. 심장은 힘차게 뛰고 있다. 그 모습을 바라보고 있자니 왼손에 통증은 전혀 느껴지지 않는다. 왼손의 상처에서 피가 조금씩 배어 나온다. 펜을 내려놓고 피를 닦아야 한다. 이런, 편지지에 피가 묻었군. 용서해 주기를. 그녀의 심장으로 흘러드는 피는 다시 돌아오지 않을 것이다. 내 피는 점점 줄어들고 있다. 머리가 맑아졌다. 잠시 펜을 놓고 그녀의 심장을 관찰하며 추억에 잠긴다.

10분 지났다.

전신에서 땀이 배어 나온다. 빈혈 탓이겠지. 자, 이제 스위치를 돌려 아크등을 켜고 감광지를 회전시키자. 앉은 채로 스위치를 돌릴 수 있도록 준비해 두었다. 전등이 켜져 있어도 곡선 제조에는 지장이 없다.

심전도계가 움직이고 있네. 심전도 소리가 아닌, 이상한 소리가 들리는군. 빈혈 때문이겠지.

곡선이 만들어지고 있어. 자네에게 바칠 연애 곡선이. 하지만 나는 그 곡선을 현상할 수는 없을 걸세. 왜냐하면 나는 이대로 온몸의 피를 모두 쏟아부을 생각이니까. 피가 다 빠져나오고 내가 쓰러지면 아크등과 사진 장치 그리고 실내 전등 스위치는 모두 꺼지게 되어 있어. 마침내 우리 둘의 사체는 어둠 속에 묻히겠지.

펜을 든 손이 심하게 떨리고, 눈앞이 점점 어두워지고 있다네. 이제 나는 마지막 용기를 내서 자네에게 최후의 한 마디를 남기려 하네. 이 편지를 쓰기 전에 실험실 주임과 동료 앞으로 편지를 썼으니까 이게 마지막 유서가 되는 셈이군. 연애 곡선은 내일 아침 동료가 현상해서 자네에게 보낼 것이니 영원히 보존해 주길 바라네.

자네는 이미 나에게 심장을 제공해 준 여자가 누구인지 짐작하고 있겠지. 나는 지금 너무도 행복하다네. 직접 곡선을 볼 수는 없지만, 진정한 연애 곡선이 완성될 거라고 굳게 믿고 있네. 내 피가 다 빠져나가면 그녀의 심장은 멈추겠지. 이것이 연애의 극치가 아니고 무엇이란 말인가.

......내 피가 거의 다 빠져나온 모양이군. 이제 그녀의 심장도 멈추려 하고 있네. 자네와의 사랑 없는 결혼을 거부하고, 그녀의 진정한 연인이었던 내 곁으로 달려 온 유키에 씨의 심장이 지금, 멎으려 하고 있어.

나카지마 아쓰시

협죽도와 여인

박은정 옮김

나카지마 아쓰시(中島敦 1909~1942)

1909년 도쿄의 한문학 교육자 집안에서 태어났다. 나카지마 아쓰시는 중국 고전을 소재로 인간을 꿰뚫어보는 통찰력과 한문 특유의 리듬을 일본어로 살려 세련되고 격조 높은 문장으로 완성했다. 또한 조선이나 남태평양 섬에서 체류한 경험을 바탕으로 당시 군국주의 일본의 지배하에 자유롭지 못한 암담한 시절을 중립적인 시선으로 바라보며 작품을 발표했다. 중국 고전을 소재로 한 「산월기」, 「이릉」, 「제자」 등의 대표작이 있고, 조선을 배경으로 한 「호랑이 사냥」, 「순사가 있는 풍경」, 그 밖에 「카멜레온 일기」, 「낭질기」, 「두 남선생」, 「오정출세」, 「오정탄이」 등 다수의 작품이 있다. 지병인 천식으로 고통 받다가 심장발작으로 서른셋의 젊은 나이에 요절하였다.

협죽도와 여인

오후가 되자 바람이 완전히 호흡을 멈췄다.

엷은 구름이 덮인 하늘 아래, 수분 가득한 공기가 무겁게 흐르고 있었다.

'덥다. 정말이지, 너무 더워!'

나는 한참 동안 한증탕에 들어가 있는 듯한 나른한 기분으로 한 발 한 발 무거운 발걸음을 옮겼다. 다리가 무거운 건 일주일 내내 앓았던 뎅기열이 아직 다 낫지 않은 탓이기도 했다.

피곤했다. 숨이 막힐 것 같았다.

현기증 때문에 걸음을 멈췄다. 길 한가운데 우카르나무 기둥에 기대서서 눈을 감았다. 뎅기병으로 열이 40도까지 올랐던 며칠 전의 환각이 또다시 눈꺼풀 안쪽으로 나타날 것만 같았다. 눈을 감자 어둠 속에서 하얗게 작렬하는 소용돌이가 빙글빙글 돌기 시작했다. '안돼!' 하면서 바로 눈을 떴다.

우카르나무는 가느다란 이파리 하나 흔들리지 않았고 땀방울이 등을 따라 스르르 흘러내렸다. 너무도 고요했다! 온 마을이 다 잠든 걸까? 사람이나 돼지, 닭이며 도마뱀까지, 그리고 바닷소리도, 나무도, 헛기침 소리조차 들리지 않았다.

피곤함이 조금 잠잠해지자 또다시 걷기 시작했다. 파라오 특유의 매끈한 돌길이다. 오늘 같은 날에는 섬 주민들처럼 맨발로 돌 위를 걸어도 전혀 시원하지 않았다. 조금 걷다가 거인의 턱수염처럼 반원류*가 휘감겨 붙은 울창한 상록교목 밑까지 다다랐을 때 비로소 무슨 소리가 들렸다. 퐁퐁 물방울이 튀는 소리였다. 세면장인가 싶어 옆을 돌아보자 돌이 깔린 길 조금 아래쪽으로 작은 길이 이어져 있었다. 거대한 간엽(芊葉)과 양치류 사이로 벌거벗은 그림자가 보였다. 갑자기 캬 하는 소리와 웃음소

---

* 다른 것에 붙어서 성장하는 포도와 같은 줄기성 식물.

리가 울려 퍼졌다. 물에서 텀벙거리며 도망가는 소리, 웃음을 참는 소리가 뒤섞여 들렸다. 그 소리가 잠잠해지자 또 다시 정적이 찾아왔다. 너무 피곤해서 물놀이를 하는 여자아이들을 놀릴 기력조차 없었다. 다시 완만한 돌 언덕길을 계속 내려갔다.

빨간 협죽도가 가득한 집 앞까지 왔을 때 피곤함(이라고 할지 노곤함이라고 할지)은 더 이상 견딜 수 없는 상태였다. 나는 섬 주민의 집에서 잠시 쉬게 해달라고 부탁할 생각이었다. 집 앞에는 높이 30센티로 쌓은 커다란 돌들이 깔려 있었다. 조상 대대로 내려오는 무덤처럼 보였다. 그 옆을 지나 어두운 집안을 들여다봤는데 아무도 없었다. 두꺼운 대나무로 된 마루 위에 흰 고양이 한 마리가 엎드려 있을 뿐이었다. 잠에서 깬 고양이가 이쪽을 쳐다보며 수상쩍다는 듯 코를 찡긋거리고는 또다시 잠들어 버렸다. 섬 주민의 집이라 그냥 들어가 쉬기로 했다.

담배에 불을 붙이면서 집 앞의 크고 평평한 무덤과 그 주변에 서 있는 예닐곱의 가늘고 긴 빈랑나무 가지를 바라봤다. 파라오 사람은, 아니 파라오 사람뿐만 아니라, 포나페인을 제외한 모든 캐롤라인 군도 사람들은 빈랑 열매를 석탄으로 주로 사용하기 때문에 집 앞에는 반드시 이 나무가 몇 그루 있었다. 야자보다 훨씬 크고 가는 빈랑나무숲이 우거져 있는 모습은 상당히 정취가 있었다. 빈랑과 함께 작은 서너 그루의 협죽도에도 꽃이 가득 차 있었다. 무덤 돌바닥 위에도 복숭아색 꽃이 여기저기 떨어져 있었다. 어디선가 강하고 달콤한 냄새가 풍겨온 것은 아마도 뒤뜰에 인도 쟈스민이 심어져 있기 때문일 것이다. 오늘은 쟈스민 냄새가 너무 강렬해서 머리가 아플 정도였다.

바람은 여전히 불지 않았다. 진하고 무거운 공기는 액체처럼 끈적끈적하게 피부에 달라붙었다. 미적지근한 접착제 같은 게 머리까지 침투해 오고 공기는 회색빛 연무를 만들었다. 관절 하나하나가 풀린 것처럼 나른하다.

담배를 한 대 다 피우고 나서 재를 털려고 하는 순간 잠깐 뒤돌아서 집안을 들여다보다가 깜짝 놀랐다. 사람이 있었던 것이다. 여자였다. 어디에서 언제 들어온 것일까? 조금 전까지만 해도 아무도 없었는데. 흰 고양이밖에 없었다. 그러고 보니 흰 고양이가 보이지 않았다. 설마 아까 그 고양이가 이 여자로 변한 것은 아닐까?(분명히 머리가 어떻게 된 것이다.) 정말 한순간 그런 생각을 했다.

여자는 놀란 내 얼굴을 눈 한 번 깜빡하지 않고 바라보고 있었다. 놀란 것 같지도 않았다. 아까 내가 주변을 돌아볼 동안 줄곧 이쪽을 바라보고 있었던 모양이다.

여자의 상반신은 완전히 나체였고 다리를 벌린 채 무릎을 굽히고 앉아 아기를 안고 있었다. 아기는 굉장히 작았다. 태어난 지 두 달도 채 안 돼 보였다. 잠자면서 엄마의 젖꼭지를 물고는 있지만 빠는 것 같지는 않았다. 깜짝 놀라기도 했고, 현지어를 제대로 할 수 없어서 잠깐 쉬고 있었다고 말할 타이밍을 놓치고 말았다. 잠자코 여자의 얼굴을 쳐다봤는데 여자도 빤히 이쪽을 바라보고 있었다. 거의 눈도 깜빡하지 않고 응시하고 있었다. 열병에 걸려 뭔가가 내 눈 속에서 떠다니는 듯했다. 조금 기분이 불쾌해졌다.

다행히도 여자의 눈이 조금 이상했지만 난폭해 보이지는 않았다. 아니, 그런 식으로 아무 말 없이 서로 마주보고 있자니 희미하기는 하지만 에로틱한 관심이 생기기 시작했다. 젊은 처자가 꽤 미인이었다. 파라오 여자치고는 드물게 반듯한(?) 얼굴형이어서 아마 내지인과의 혼혈이 아닐까 싶었다. 얼굴색도 그냥 검은색이 아니라 광택이 사라진 엷은 검은색이다. 문신이 보이지 않는 걸 보면 여자는 아직 젊었고 일본의 공공학교 교육을 받았다는 걸 의미한다. 오른손으로 무릎 위의 아이를 안고 왼손은 비스듬하게 뒤에 대나무 바닥을 짚고 있었는데 그 왼쪽 팔꿈치와 팔이(보통 관절이 굽어진 모습과는 반대로) 바깥쪽으로 향해서 구부러져 있었다. 이런 모양은 이곳 여자들에게서만 찾아볼 수 있는 특징이다. 조금 비스듬한 자세로 두꺼운 아랫입술을 반쯤 벌린 채 긴 속눈썹의 커다란 눈으로 방심한 듯 이쪽을 쳐다보고 있다. 나는 그 눈에서 벗어나려고 하지 않았다.

변명처럼 들리겠지만, 분명히 오후의 온도와 습도 그리고 그 속에 풍기는 인도 쟈스민 향이 거슬렸다.

나는 아까부터 여자가 왜 그렇게 나를 쳐다보는지 겨우 알게 되었다. 왜 젊은 섬 주민 여자가(그것도 산후 얼마 안 된 여자가) 그런 눈으로 나를 보는지, 병석에서 회복된 지 얼마 안 된 내 몸이 여자의 주목을 받을 만한지 어떤지, 또한 열대에서는 이런 일이 흔한 건지 알 수 없지만, 어쨌든 여자가 쳐다보는 이유를 분명하게 깨달았다. 여자의 거무스름한 얼굴에 어렴풋이 붉은빛이 감도는 게 보였다. 몽롱한 머릿속 어딘가에서 위기감을 느끼고 있었지만 웃어넘겼다. 하지만 그러는 동안에도 나는 묘하게 구속을 당하는 듯한 기분이었다.

정말이지 바보 같은 이야기이지만 그때 술에 취한 것처럼 기분이 묘했다. 나중에 생각해보면 아무래도 열대의 마술에 걸린 것 같았다. 그 마술에서 나를 구해준 것은 병에서 회복된 지 얼마 안 된 쇠약한 나의 몸이었다. 나는 마루 가장자리에 다리를 늘어뜨리고 걸터앉아 있었기 때문에 여자 쪽을 쳐다보기 위해서는 비스듬한 상태로 몸을 뒤로 돌려야 했다. 이런 자세가 나를 굉장히 피곤하게 했다. 옆구리와 목이 아파서 나도 모르게 자세를 원래대로 돌리자 시선이 정면으로 향했다. 왜 그런지 깊은 한숨이 나왔다. 그러자 갑자기 주술에서 풀려버렸다.

나는 좀 전의 내 몸 상태를 떠올리며 얼떨결에 쓴웃음을 지었다. 마루에서 일어서서 씁쓸한 얼굴로 그 여자에게 "안녕히 계세요."라고 인사했다. 여자는 아무런 대답도 하지 않았다. 심한 모욕을 당한 것처럼 화가 난 모습으로 나를 노려봤다. 나는 그때 뒤를 돌아 협죽도가 있는 입구 쪽으로 걷기 시작했다.

아미아카와 망고의 거목 밑에 깔린 돌길을 따라 걸어서 나는 숙소로 돌아왔다. 몸도 마음도 완전히 지쳐 버렸다. 나는 이 마을 촌장 집에 머물고 있었다.

식사를 제공해 주는 일본어가 능숙한 섬 부인 마다레

이에게 그 집 여자에 대해서 물어봤다(물론 나의 경험을 다 말한 것은 아니다). 마다레이는 검은 얼굴에 새하얀 이를 드러내 보이며 웃었다.

"아, 그 미인?"

그리고 덧붙였다.

"그 여자, 남자를 좋아해. 육지 사내라면 누구든 상관없어."

좀 전의 자신의 행동을 떠올리자 나는 또다시 씁쓸하게 웃을 수밖에 없었다.

나는 습기 찬 텁텁한 방안에서 돗자리 위에 지친 몸을 누이고 낮잠을 잤다.

30분쯤 지났을까? 갑자기 차가운 감촉이 잠을 깨웠다. 바람이 부나? 일어나 창밖을 내다보니, 근처의 빵나무 잎사귀가 죄다 하얗게 뒤집혀 있었다.

감사하다는 생각을 하며 새까만 하늘을 올려다보자 갑자기 맹렬한 스콜이 쏟아졌다. 지붕을 두드리고 돌바닥을 치며 야자수 잎을 쳐댔다. 사납게 쏟아지는 비는 협죽도의 꽃을 떨어뜨리며 대지를 적셨다. 사람도 짐승도 초목도 겨우 되살아났다. 멀리서 새로운 대지의 향기가 풍기기 시작했다. 굵고 하얀 빗줄기를 바라보면서 나는 고대 중국인이 사용한 은죽[*]이라는 말이 불현듯 떠올랐다.

비가 그친 뒤 밖에 나와 봤더니 젖어있는 돌길 저쪽에서 협죽도 집의 여인이 걸어왔다. 아기는 집에 재우고 나왔는지 혼자였다. 나를 지나치면서 시선조차 마주치지 않았다. 화를 내는 것도 아니었고 나를 전혀 모르는 듯한 무표정한 얼굴이었다.

---

[*] 비를 나타내는 말. 소나기.

오카모토 가노코

여름밤의 꿈
창문
불쌍한 사모님

박은정 옮김

오카모토 가노코(岡本かの子 1889~1939)

1889년 도쿄 대지주의 집안에서 태어난 오카모토 가노코는 어릴 때부터 고전과 한문의 소양을 기르며 시를 읊는 문학소녀였다. 16세에 《여자문단》, 《요미우리 신문》 문예란 등에 와카를 투고하기 시작하고 그 무렵 문학가였던 오빠 오누키 쇼센을 통해 다니자키 준이치로 등과 교류하며 영향을 받는다. 17세 때 요사코 아키코를 찾아가 《신시샤》 동인이 되고 《묘조》, 《스바루》에 신체시와 와카를 발표한다. 젊은 시절엔 시인으로 활동했던 그녀는 이후 신란의 불교서 『단니쇼』를 통해 삶의 방향을 암시받아 불교 관련 에세이를 발표하며 불교연구가로 활약하기도 한다. 그리고 만년에 이르러 남편 오카모토 잇페이의 도움과 가와바타 야스나리의 지도로 소설가로 데뷔한다. 47세였던 1936년 아쿠타가와 류노스케를 모델로 한 소설 「학은 병들어 있다」를 《문학계》에 발표한 이후 「모자서정」, 「노기초」, 「생생유전」 등 대표작을 남긴다. 짧은 기간 동안 순문학 집필에 힘을 기울이며 창작 활동을 하다가 50세에 뇌출혈로 사망하였다.

여름밤의 꿈

달이 뜬 지 얼마 안 되는 이슥한 밤이다. 어둠이 누그러지며 다시 초저녁으로 되돌아가는 듯한 기분이 들었다. 도시코는 가만히 앉아 있을 수 없는 설레는 초조함에 이끌려 현관 밖으로 나왔다.

"또 나가는 거냐, 오늘 밤에도? 이제 마음을 정리하는 게 어떠니?"

양옥집 2층 서재에서 밤늦게까지 공부하고 있던 오빠가 도시코의 발소리를 들으며 그렇게 말했다. 유리창에 비치는 스탠드의 둥근 그림자가 움직이지 않는 걸 보면 오빠는 말로만 뭐라 할 뿐 자리에서 일어날 생각은 없는 것 같았다.

"응, 오늘 밤이 마지막이야. 오늘 하룻밤만... 그러니까 오빠는 걱정하지 말고 공부나 하세요...."

도시코는 자신의 행동을 지적하는 오빠에게 그냥 대답만 하면 되는데 괜히 공부하라는 말까지 한 거 같아서 마음에 걸렸다. 오빠가 "음, 그래."라며 부드럽게 얘기해서 오히려 마음이 아팠다.

"오빠, 종려나무 꽃이 피었어요. 나뭇가지 끝에 꽃송이가 잔뜩 피었어. 난 차가운 작은 알갱이가 얼굴에 톡톡 닿기에, 비가 오나 했는데 꽃이 흘러내리는 거네."

오빠의 기분을 살피듯 도시코는 천진난만하게 말했다. 그러자 오빠는 기분이 완전히 풀린 듯 말했다.

"종려꽃이 피었다고? 그럼, 나무 아래를 봐봐. 좁쌀을 뿌린 것처럼 예쁘지?"

도시코는 몸을 앞으로 웅크리며 손바닥으로 땅을 살짝 쓰다듬어 보았다. 손바닥에 보송보송한 모래처럼 부드러운 꽃송이가 닿았다. 산뜻한 감촉이지만 아직 촉촉했다. 그녀는 '어둠 속에서 달빛을 받아 반짝이는 풀 이슬을 밟는다.'는 동양 철학자의 아름다운 시구를 떠올리며 비밀스럽고 초연한 마음으로 꽃송이를 밟으며 걸었다. 잎이 빼곡한 자색 능소화의 담쟁이덩굴 아치를 빠져나왔다. 오늘 밤 그녀는 오빠나 약혼자와는 전혀 상관이 없는 사람처럼 자유로웠다.

도시코의 오빠인 소가 야이치로는 토목을, 약혼자 시즈마 유키치는 건축을 전공했다. 둘은 전공은 다르지만 같은 대학을 졸업했다. 오랫동안 유럽에서 공부하고 돌아왔는데, 문화인이란 말은 아마도 이 두 사람을 가리키는 게 아닐까 싶다. 지성이 뛰어난 문화인은 외로움과 지루함을 일이나 오락으로 달래었는데, 그들은 실제로 그렇게 실천했다.

귀국 후 친하게 지내게 된 두 사람은 파이프, 넥타이핀, 테이블 위의 꽃 한 송이, 그런 것들을 좋아했다. 한편으로는 그런 물건들과 다를 바 없이 자신의 여동생도 그렇게 약혼을 주선했다. 두 남자 모두 도시코를 다른 사람에게는 보내고 싶지 않은 애틋한 마음을 품고 있었다.

오빠는 솔직하게 자란 여동생의 사랑스러운 성격을, 타인이 함부로 판단하는 걸 원하지 않았다. 또한 유키치라면 성격이 정반대인 이 순진한 아가씨를 오빠 대신 보호할 자격과 능력을 갖추고 있다고 생각했기 때문이다. 그래서 두 사람 사이에는 도시코에 대해 지극히 친절하고 긴밀한 양해가 작용하고 있었다.

"그 아이는 요즘 어떻게 지내고 있어?"

"그 아이? 하하하, 그 아이는 요즘 좀 지루한가봐. 내가 계속 공방에 들어가 있으니까."

밖에서 만나는 야이치로와 유키치는 주로 이런 대화를 나눴다. 도시코를 '그 아이'라고 부르는 이유는 둘 다 도시코를 사랑하고 이해하고 있다는 암묵의 일치처럼 보였다.

"그럼, 나한테 보내. 내가 3주 정도 그녀를 상대해 줄게."

이렇게 도시코는 두 사람의 보호를 받으며 약혼자의 집과 오빠 집을 오갔다. 오빠는 아직 독신이었고 약혼자는 숙모와 함께 살고 있었다. 요류도*의 신분이었던 이 중년 여성은 두 사람의 일에 함부로 끼어들지 않았다.

"아니, 내가 이렇게 한가하다니. 이래도 되는 건가요?"

도시코는 너무 순탄하다는 사실을 깨닫고 약혼자에게 물었다. 그러자 약혼자는 골똘히 생각하더니, 곧 밝은 표정으로 말했다.

"그렇다고 억지로 뭔가를 해야 할 건 없어요. 한가하게

---

* 헤이안 시대 이후 조정의 소송을 맡았던 기관의 직원. 현재는 궁내청 직원.

있을 수 있다면 그렇게 지내는 편이 좋겠죠."

도시코는 미래의 남편이 똑똑하다는 건 알고 있었지만, 그의 지나친 포용력과 명철함이 마음에 들지 않았다.

오빠 집으로 돌아온 지 얼마 안 되는 어느 날이었다. 도시코는 오빠와 함께 음악회에 갔다가 돌아오는 길에 베이커리에 들렀는데, 거기서 먹은 바닐라 아이스크림의 향이 강한 탓인지 잠자리에 누워도 잠을 이룰 수 없었다. 선병질*이 심했던 어린 시절, 이런 밤이면 잠옷 위에 벨벳 망토를 걸치고 유모하고 근처 고급 주택가의 오솔길을 걸었다. 고요한 밤은 소녀의 몸을 차갑게 식혀주었다. 걷다가 졸음이 밀려와 발밑이 흐릿해지면 소녀는 입을 동그랗게 벌리며 작은 하품을 했다.

"어머나, 이제 초저녁 샛별님이 오셨나보네."

그녀가 졸린 걸 알아차린 유모는 부드럽게 그녀를 끌어안고 집으로 들어가 잠자리에 눕혀 주었다.

어린 시절의 기억을 떠올린 도시코는 오빠가 서양에서 사다 준 솔을 어깨에 두르고 밖으로 나가보았다. 세상을 떠난 유모와 함께 보낸 어린 시절을 그리워하는 것은

---

* 피부샘병의 경향이 있는 약한 체질.

아니었다. 그렇다고 오빠나 약혼자에게 딱 달라붙어 같이 걷고 싶은 마음도 없다.

두 신사도 역시 그런 생리적인 현상을 필연적인 욕구라고 이해해주며 친절하게 대해주긴 하겠지만 그녀의 깊은 속마음까지 알아주진 않을 것이다. 유치한 생각이지만, 오빠나 약혼자는 유모처럼 자신을 진정으로 존중해주고 사랑스럽게 돌봐주지는 않을 것이다. 설령 사랑의 손길은 같아 보일지라도 유모와는 그 감촉부터가 다르다는 걸 예민한 도시코는 느끼고 있었다.

오빠와 약혼자에 대해 돌이켜 생각해보면 어떤 의미에서 자신은 굉장히 행복한 여자일지도 모른다. 하지만 가장 가까운 사람이 자신의 마음을 이해하지 못한다면, 어쩌면 세상에서 가장 불행한 여자일 수도 있다. 이건 대화한다고 해결되는 게 아니었다. 그저 혼자 밤공기를 맞으며 거니는 편이 초조한 기분을 잦아들게 했다.

오빠네 집 정원 일부는 누군가의 사유지로 도로까지 연결되어 있었다. 그곳은 울타리 문으로 막혀 있어 비교적 안전했다. 여자가 한밤중 혼자 걸어 다녀도 걱정할 필요가 없었다. 그녀는 달빛을 흡수하는 숲의 이지적인 습기와 육욕을 자극하는 대지의 온기가 신비롭게 교차하는 가운데 아득한 기분을 느끼며 생울타리로 된 모퉁이를 돌았다. 오래된 가시나무 그루터기가 가로수처럼 높게 뻗은 길 한편에 듬성듬성 보였다.

무심코 지나가던 그녀는 울타리 안에서 갑자기 튀어나온 청회색 남방을 입은 청년과 마주치고 그 자리에 멈춰 섰다. 깊은 산속에서 우연히 누군가와 마주쳤을 때처럼 눈을 뗄 수 없는 두려움과 동시에 아련한 감정이 그녀의 가슴속을 스쳐 지나갔다. 달빛에 비친 청년은 단정한 이목구비에 우수 어린 모습이었다. 청년이 조심스럽게 말을 걸었다.

"밤이 좋네요. 소가 씨의 여동생이죠? 안으로 들어가시겠어요?"

도시코는 순간 망설였다.

'이 청년은 누구지? 근처에 오빠의 학교 후배가 산다고 하던데 그분인가?'

청년은 이어 "오늘 밤, 우리 정원은 정말 아름답거든요."라고 말했다. 세상의 평범한 목소리와는 전혀 다른, 너무도 솔직하고 친근한 소리였다. 도시코는 청년의 유혹에 이끌려 슬며시 들어가 보고 싶은 마음이 생겼다. 하지만 겉으로는 조용히 미소를 지으며 뒤로 물러섰다.

"고마워요. 하지만,"

"걱정하지 않으셔도 됩니다."

"그래도……"

"당신 오빠도 저를 아실 겁니다. 학교 선배니까요."

도시코는 '역시 그렇구나' 하고 생각했다. 더 이상 사양할 필요가 없었다. 청년의 이름은 마키세라고 했다. 그날 밤 마키세의 정원을 처음 접하고 그 연못 주위의 향연을 알게 되었다. 담담했지만 어딘가 모르게 신경이 쓰이는 매혹적인 여운이 남았다.

다음날 아침에 그녀가 오빠에게 말하자,

"마키세가 돌아왔다고 하던데, 그랬구나. 그 친구는 천재적인 면이 있긴 했어. 특이하기는 하지만 군자 같은 사람이야. 글쎄다, 교제해도 나쁠 건 없지만 그렇다고 좋을지는 모르겠구나."라고 말하며 그의 정원에 가지 못하도록 막지는 않았다.

도시코는 한 달도 안 되는 사이에 일고여덟 번이나 마키세의 정원에 놀러 갔다. 그녀가 약혼자 집으로 갈 날도 이제 얼마 남지 않았다. 결국, 오늘 밤이 마지막인데 뭐어떠냐는 생각으로 가시덤불 울타리 안으로 들어갔다.

"오늘 밤은 당신이 꼭 올 거라고 생각했습니다. 처음

만났을 때와 달빛이 똑같거든요."

마키세는 도시코를 보자마자 그렇게 말했다.

정원에는 작은 언덕이나 석가산의 흔적이 남아 있었다. 그리고 단풍나무라든지 백일홍 등 관상수의 굵기나 정원사의 손길이 그대로 남아있어 꽤 고풍스러운 정원이라는 걸 짐작할 수 있었다. 오빠네 집 옥상정원에서 봄이면 구름처럼 보이던 벚나무도 이 정원 안에 있었다. 가까이 다가가 보니 전부 오래된 나무였다. 중앙의 연못은 물이 얕았고 둔치가 무너져 풀숲이 되어 있었다. 거기에 개연꽃과 벗풀, 저습지의 화초가 섞여 있었다.

돌다리가 놓여있는 중앙 섬의 고송 너머로 전등이 켜져있는 거실이 보였다. 실내에는 미술품이 가득 들어차 있었다. 하지만 첫날밤부터 도시코를 가장 놀라게 했던 건 수북히 자란 여름 풀이었다. 들국화가 있는가 하면 댑싸리도 있고 정원 전체를 압도할 만큼 풀이 가득했다.

클로버가 두껍게 자란 물가 근처에 둘은 자리를 잡았다. 마키세와 도시코는 여름밤이 빚어낸 깊고 상쾌하며, 다소 장난스러운 분위기에 여유롭게 젖어 있었다. 낮게 우는 개구리, 달이 숨을 내쉬듯 촉촉한 밤이었다.

"아, 기분 좋다."

도시코는 먹어도 먹어도 질리지 않는 음식에 빠져드는 것처럼 자신도 모르게 그렇게 말했다.

　"아직 소녀 때처럼 잠이 오지 않나요?"

　누워 있던 마키세가 몸을 천천히 일으키더니 조금 놀리듯 물었다. 그와 시간을 보낸 일고여덟 밤 동안 도시코는 지금까지 살아온 삶에 대해 자신도 모르는 사이에 이야기하고 있었다.

　"아, 잠자는 게 아까울 정도로 기분이 좋아요. 아니면 깨어 있는데도 마치 잠자는 것 같은 기분일지도 모르겠네요."

　"말을 아주 잘하는군요."

　마키세는 웃으며 도시코에게 조금 다가가더니 등나무 바구니 안을 뒤적거렸다.

　"목마르지 않아요? 이걸 마셔 보세요. 맛있어요."

　마키세가 달빛을 받아 빛이 나는 보온병을 꺼내 컵에 뭔가를 가득 따랐다. 도시코가 그 컵을 달에 비춰보자 마키세는 말했다.

　"수정 석류 시럽입니다. 시럽치고는 꽤 고급품이에요."

　그리고 그는 서투른 칼질로 파파야를 잘라 작은 접시에 올리고 레몬즙을 뿌린 뒤 수저와 함께 내밀었다. 코야노야마*에 산다는 신녀가 마실 것 같은 차갑고 그윽한 향기가 나는 컵을 들고 국물을 마셨다. 그리고 남국의 달콤함이 느껴지는 과육을 건져 먹자 도시코는 점점 더 기분이 좋아졌다. 벼룩한테 물린 자국만큼 남아 있던 그리움의 상처가 오도카니 마음에 떠올랐다. 스포츠 셔츠를 입은 마키세한테서 반인반수와 같은 건장한 감촉이 밤 공기를 타고 전해져 왔다.

숲에서 쏘아 올리는 것처럼 새의 그림자가 보이고, "꺄꺄"하는 울음소리도 들렸다. 마키세는 올빼미에게 쫓기는 해오라기라고 말했다. 연애를 하는 기분이 들었지만 도시코는 본능적으로 부르르 몸서리를 치며 그 기운을 떨쳐냈다.

도시코는 이 정원에 들어올 때까지 이렇게 움푹 패인 산이 도쿄에 있으리라고는 상상도 하지 못했다. 이곳은 34대째 이어오는 마키세의 저택이다. 이웃에 사는 오빠네 집도 예전에는 이 저택의 부지였다. 이 부근은 여우와 너구리가 살았던 시골 마을이고 연못의 배수구에는 시부야 강에서 뜸부기가 올라오기도 했다.

마키세는 마치 남의 일처럼 도시코에게 그런 이야기

---

* 고사산. 중국에서 신선이 살고 있다는 상상의 산.

를 했다. 이 청년은 밤마다 이야기를 들려주면서, 자신의 경험이라든지 삶에 대한 이야기를, 마치 남의 일처럼 담담하게 말하는 것 같았다. 그래서 그걸 들으면 오히려 명확하게 그 장면이 떠올라 더 신기했다.

마키세의 이야기를 종합해 보면 그는 근대에서 원시로 거슬러 올라가는 건축사 연구를 하고 있었다. 그는 건축을 통해 본 옛 조상의 소박한 영혼과 단순한 감정에 사로잡혀 있었다. 그것은 지극히 웅장하고 막힘이 없으며 생명력이 넘치는 모습이었다. 하지만 도시코가 보기에는, 그는 고상한 취미에서 오는 근대 문화에 대한 자학적 반항과, 복잡하고 농후한 것에 싫증을 느끼고 있는 것 같았다. 그래서 소박하지만 사랑으로 되돌아가는 세련된 건강함에 개성이 있다고 느끼고 있었다. 이른바 세기말적인 퇴폐의 밑바닥에 잠겨 참신한 뭔가를 잡으려고 하는, 늙음과 젊음이 공존하는 모순된 인간으로 보였다. 그가 아직 정신적인 것은 신경 쓰지 않는다고 해도 육체의 건강과 높은 도덕성만은 느낄 수 있었다. 이것은 제거하려고 해도 할 수도 없는 그의 2차적인 성격이었다.

어찌된 일인지, 오늘 밤은 그 담담한 말투의 저변에서 뜨거운 열정이 간헐적으로 뿜어져 나와 그녀를 동요하게 만들었다. 그리고 그는 자주 연애 이야기를 하고 싶어했다. 옛날이야기든 거짓말이든 로맨스 같은 이야기라면 그게 죄다 현실이 될 것만 같은 밤이었다. 푸른 달이 선명해지더니 점점 밤이 깊어 갔다. 그는 연애를 좋아하지만, 그 표현 방법에 대해서는 이상한 말을 했다.

"육체도 정신도 감각을 통해 서로 알아가는 거죠. 죽음과 같은 강렬한 힘으로 황홀 삼매경에 이끌리는 것도 나쁘지는 않습니다. 동물의 습성을 따르는 성의 제단에 올라 완전히 정욕의 희생양이 되는 것 말이에요. 하지만 다시 생각해보면 왠지 그건 추악한 노력 같아요. 자신도 모르는 사이에 영혼의 무한성을 소멸시켜고 삶의 여운을 잃어버리는 듯한 아쉬운 감정이라는 생각이 들어요. 저는 그보다 건강하고 정력이 넘치는 남녀의 육체를 나뭇가지 위의 새처럼 있는 그대로 자유롭게 사랑의 세계에 안주할 수 있도록 서로 이해하는 관계가 되고 싶은 겁니다."

미풍이 풀잎 이슬방울을 털어내고 있었다. 기류가 순환하는 탓인지 멀리 백합의 향기에 섞여 매캐한 냄새가 났다. 도시코가 냄새가 난다고 하자, 근처 목욕탕에서 야밤에 굴뚝 청소를 하는 거라고 마키세가 말했다. 그 먼지 때문인지 아니면 밤공기가 차가워서 그런지 연못에는 희미한 은회색 안개가 자욱하게 피어오르고, 그 농염한 소용돌이를 바라보자, 잠재된 모든 기억과 감정을 전하라고 유혹하는 것처럼 보였다. 마키세는 잠시 주춤하다가 환상적인 안개를 바라보며 결국 중얼거렸다.

"옛날 목양신과 선녀는 쓸데없는 발악은 일절 하지 않았습니다. 그들은 사랑의 완전함과 투철한 힘을 믿고 있었죠. 두 사람은 어린아이들처럼 장난치면서도 마음은 연애감정으로 가득 채워져 있었어요. 아주 못된 장난을 치고 화를 내거나 괴롭혀도 사랑은 전혀 흔들리지 않았던 거죠. 별의 섭리를 믿으며 서로를 존중하는 사이에서는 의심하고 불평할 필요가 없었던 거예요. 의심과 불평이 생기면 이미 그 별의 운명은 끝난 것이고 그들은 다음 별의 지배하에 놓이게 되는 거죠. 거기서 그들은 팽팽한 긴장 상태에서 다음 삶을 시작할 수 있습니다.

얼마 안 되는 시간 동안 소소하게 이야기를 하면서 저는 깨달았습니다. 당신은 사랑이나 호의에 대해서 솔직하고 있는 그대로 받아들이는 이상적인 여성이었습니다. 제가 느끼기엔 당신은 저의 연애론에 공감해 줄 수 있는 사람인 것 같습니다. 이번 여름밤에, 당신과 나눈 대화는 제 평생 가장 좋은 추억으로 남아 있을 겁니다. 이런 말이 실례가 된다면 용서해 주세요. 당신이 비록 시즈마 군과 결혼하지만 나는 당신의 특별함을 간직한 기분이 드는군요."

"저한테 특별함이란 게 있을까요?"

"당신의 특별함을 예로 들자면, 아마 당신에게 순결한 처녀인 채 아이를 가지라고 한다면, 그렇게 할 수 있는 사람인 것 같아요. 하하하하."

"……"

갑자기 마키세는 일어서서 성큼성큼 걸어가더니 지금까지 말한 것과는 상관없다는 듯, 아니 어쩌면 그 이야기가 연결되는 것처럼, 연못의 둔치에서 기도하는 사람처럼 무릎을 꿇었다. 그리고 도시코에게도 그렇게 하라고 재촉했다. 맑은 물에 두 사람의 얼굴이 비쳤다. 새벽의 수면은 잘 닦아낸 거울처럼 선명했다. 어느 시대 사람인지도 모르는 젊은 남녀의 얼굴이 물밑에서 떠올랐다.

한참을 바라보고 있던 마키세가 말했다.

"역시 우리는 한 남자와 여자로군요. 하하하하."

도시코는 목덜미로 뭔가 다가오는 느낌이 들었지만 마키세나 주변에 대해서 어떤 불안감도 없었다.

그보다 오히려 평생 두 번 다시 오지 않을 꿈속 세계의 황홀경에 빠져있는 듯한 기분이었다.

근처 숲의 작은 새가 연못 위를 스치며 날아오르자 두 사람은 동시에 고개를 들었다. 달은 서쪽에서 밝아오고 하늘은 여명의 기운이 드러나기 시작했다. 천지가 입을 여는 듯한 말할 수 없는 엄숙하고 공허한 순간이었다.

도시코는 밤새도록 이야기하는 청년의 모순되면서, 독단적인 말을 듣고 있었지만, 결코 지루하지는 않았다. 그리고 고답스럽기 짝이 없는 말을 했지만, 청년의 내면에는 애틋한 인간의 진정성이 느껴지는 듯한 기분이 들었다. 도시코는 애달프면서 부드러운 한숨을 내쉬었다.

"한숨을 쉬게 만들어 버렸네요. 제 탓만은 아닙니다. 달빛 때문이기도 하고, 여름밤 탓이기도 해요. 밤공기에 축축하게 젖은 풀냄새 탓이기도 하죠. 그동안 저의 몽유병적인 증상에 동행해 주셔서 감사합니다. 오늘이 마지막 밤이라 아쉽지만, 곧 날이 밝을 테고 그럼 우리도 헤어져야겠죠. 평범하고 일상적인 하루가 다시 찾아올 겁니다. 우리가 밤새 수집한 서정적인 향기도 고풍스러운 꽃들도 다 흩어져 버리겠죠."

그는 그렇게 말한 다음 아무 말 없이, 정원의 풀을 가르고 저벅저벅 걷기 시작했다.

결혼 전날 밤, 도시코는 약혼자에게 여름밤 마키세의 정원에서 있었던 일들을 들려주었다. 그러자 그는 특유의 환한 미소를 지으며 말했다.

"아름다운 경험이로군. '여름밤의 꿈'이라는 제목으로 당신의 기억에 저장해 두면 좋겠네. 그리고 결혼생활을 하다보면 언젠가 당신의 마음도 상투적이고 지루해지겠지. 그때 지금의 낭만적인 기억을 되새겨 보면 되겠군. 가끔은 나한테도 들려주고 말야."

도시코는 생각이 깊고 현명한 약혼자를 그 순간부터 사랑하게 되었다.

얼마 안 있어 마키세가 중앙아시아로 고대 건축의 유적 발굴에 나섰다는 소식을 오빠로부터 듣게 되었다.

창문

여자는 창문을 향해 선 채로 꼼짝도 하지 않았다. 볼에는 눈물 자국이 그대로 남아 있었다.

"......그렇군요. 한 번만 다시 생각해 주시면 안 되나요? 한 번만요. 아......"

남자는 짐을 꾸리다 말고 손을 멈췄다.

여자는 뒤돌아보지 않았다. 여자의 기모노 오비의 매듭을 올려다보던 남자의 눈에서 굵은 눈물이 흘러내렸다. 희미하게 흐느끼는 소리.

여자는 여전히 뒤돌아보지 않았다. 여자의 눈물 자국 위로 또다시 눈물방울이 흘러내렸다.

남자가 일어서더니 여자 곁으로 다가갔다. 열흘 정도

힘든 시간을 보낸 여자는 뺨이 홀쭉해져 있었다. 남자의 턱도 비참할 정도로 야위었다.

창밖 신록의 빛을 받은 두 사람의 얼굴과 몸이 파랗게 물들었다.

"안 된대?"

남자의 단단한 손이 여자의 어깨를 부드럽게 쓰다듬었다. 여자의 눈빛은 날카로웠다.

"몇 번을 말해도 똑같아요."

여자는 예민해 보이는 눈을 얼른 감았다. 그리고 남자에게서 약간 고개를 돌리고 또 눈물을 흘렸다.

"……"

"……"

남자는 힘없이 다시 짐을 싸기 시작했다.

"×× 씨!"

남자는 여자의 이름을 불렀다. 그러자 여자가 뒤돌아봤다.

남자는 짐꾸러미 앞에 쭈그리고 앉은 채 책 한 보따리를 여자에게 내밀었다.

"이제, 이것만 넣으면 끝나는데. 어떻게, 다시 한 번..."

여자는 남자가 그러안고 있는 책을 바라봤다. 여자의

몸 전체가 남자 쪽을 향하고 있었다.

남자는 책을 마루 위에 올려놓고 일어나서 옆에 있는 의자에 걸터앉았다. 그리고 여자에게 의자 옆으로 오라고 손짓했다. 여자는 잠자코 남자 바로 옆 의자에 걸터앉았다.

피아노와 커다란 서가, 낡은 책상과 항아리가 두 사람의 주변에 널려 있었다. 발밑에는 남자의 짐보따리 세 개와 짐을 싸다 만 것 하나가 놓여 있었다.

남자는 여자의 빨간 슬리퍼 앞쪽을 쳐다보며 말했다.

"왜 나는 안 된다는 거지? 짐을 싸긴 했지만 난 당신과 헤어질 수 없어."

"......."

"당신 오빠한테 한 번만 더 부탁해 봐. 내가 여기서 지낼 수 있게 해달라고."

"다시 생각하건 말건 간에... 어쩌다 이렇게 되어 버렸는지 모르겠어요......."

여자가 혼잣말처럼 말했다.

"그야 그렇지만, 그게 맞는 말이겠지만......."

남자가 입술을 떨며 여자의 얼굴을 바라봤다. 여자의 입술도 부들부들 떨고 있었다.

"아무리 생각해도 오빠 말이 맞아요."

여자의 오빠는 둘이서 함께 죽든지 헤어지든지 둘 중 하나를 선택하라고 했다. 평소처럼 얼굴은 온화했지만, 엄하고 단호한 말투였다.

오빠의 허락을 받고 남자가 이 집에 들어와 산 지도 3년이 되었다. 남자는 무척 다정다감했다. 게다가 용모도 재능도 뛰어났기 때문에 다른 여자들이 남자한테 접근해 왔다. 남자는 여자를 깊이 사랑했지만 다른 여자들을 뿌리치지 못했다. 남자가 다른 여자를 숨겨둔 사실이 두 번째로 발각되었을 때 여자는 정신이 나가버렸다. 여자의 몸과 마음은 이미 피폐해질 대로 피폐해진 상태였다.

여자의 광기는 1년간 계속되었고 최근에야 간신히 치유되었다. 그런데, 남자가 또 다른 여자와 교제하고 있던 편지뭉치가 발견된 것이다.

여자의 슬픔과 분노는 결국 두 사람을 파국으로 몰아넣었다. 이것은 남자에게도 여자에게도 커다란 문제였다. 이 문제를 마주하고 놀란 나머지, 다른 여자로 향하던 남자의 감정은 좌절감으로 바뀌었다. 남자는 결국 그녀만을 바라보게 되었다. 여자의 분노나 슬픔 속에는 여러 가지 복잡한 감정이 섞여 있었다. 이별. 집착. 혼란. 당혹.

오빠가 남자를 미워한 것은 아니었다. 단지 누구에게
나 다정한 남자의 연약한 마음을 잘 알고 있었던 것이다.

"같이 죽든지 헤어지든지."

다정한 남자와 사는 건 여자에게는 평생의 고역이라
고, 그리고 자신만 사랑받길 원하는 여자 때문에 그가 힘
들어할 거라고 오빠는 조언했다.

그런데 두 사람은 함께 죽지도 못했다. 남자와 여자는
죽을 만큼의 열정도 없었다. 밤에 잠도 못 자고 낮에는 제
대로 먹지도 못하고 그저 조급하게 죽고 싶다고만 생각
했다. 하지만 모두 헛된 노력이었고 헤어질 날은 다가왔
다. 여자는 이별의 슬픔을 견딜 수 없었다. 이런 괴로움이
남자의 다정함 때문이라고 생각하자 다시금 분노가 치
밀어올랐다. 남자는 그저 원래대로 여자와 함께 살고 싶
었다.

하지만 헤어지는 것이 두 사람의 운명이었다. 드디어
헤어질 시간이 다가왔다. 남자의 짐을 싸는 작업도 다 끝
났다.

두 사람은 갑자기 부둥켜안고 울기 시작했다. 울고 또
울었다. 분노와 절망, 애증, 이별의 슬픔이 한데 뒤섞였다.

이윽고 두 사람은 울다가 지쳤다. 잠자코 각자 의자에 앉았다. 활짝 열린 창문이 두 사람의 눈앞에 있었다. 창문 앞에서 거의 동시에 한숨을 내쉬었다. 텅 빈 동굴 같은 지친 눈으로 창문을 바라봤다.

"창문!"

두 사람은 이 창문에 대한 추억이 많았다. 남자의 머릿속에 불현듯 한 장면이 떠올랐다. 석양이 붉게 물드는 하늘로 새카맣게 새들이 날고 있었다. 남자는 그 광경을 물끄러미 창을 통해 바라보고 있었다. 초겨울 차가운 바람이 부는데도 남자는 창문을 닫지 않고 페인트가 조금 벗겨진 창틀에 팔꿈치를 괴고 서 있었다. 그 무렵 여자의 오빠는 아직 두 사람의 사랑을 모르는 상태였다. 남자는 여자의 손님으로 그녀의 방을 들락거리고 있었다.

여자는 오빠의 화실이 있는 이층에 올라가서 좀처럼 돌아오지 않았다. 화실에서 덜그럭거리는 소리가 났다.

'오빠의 붓이라도 씻고 있는 걸까?'

장애가 있는 오빠는 아내도 없었다. 남자는 오빠의 시중을 들다가 결혼이 늦어진 여자를 애처롭게 여기고 있었다. 하지만 아까부터 계속 기다리고 있다 보니, 남자는 짜증이 났다. 새 한 마리가 무리를 떠나 숲 저편으로 날아갔다. 그 모습을 그는 쓸쓸히 바라봤다.

'그녀의 오빠가 허락해줄까…….'

남자는 점점 자신이 없어졌다. 어딘가 멀리서 희미하게 들리는 기적 소리. 남자는 여행을 떠나고 싶었다. 여자를 데리고 먼 곳으로 떠나 버릴까 생각했다.

여자는 한여름 밤의 일을 생각하고 있었다. 갑자기 화재를 알리는 요란한 종소리가 들렸다. 남자가 벌떡 일어나서 창문을 열었다.

"불이야, 불! X숲이다."

반쯤 열린 반투명 유리창에 화염의 그림자가 불그스름하게 물들었다. 여자는 흐트러진 머리칼 그대로 남자와 나란히 창문에 몸을 내밀었다. X숲은 여기서 오른쪽으로 300미터 떨어진 곳에 있었다. 점점 대도시로 변해가는 외곽 지역이었다. 하지만 그곳은 옛 다이묘 저택의 뒤뜰로 그대로 보존되어 있었다. 태고와 같은 오래된 숲이었다. 그 X숲에 오두막이 하나 있었는데, 오래된 나무와 고색을 띤 작은 다실이었다. 지금은 다실로도 사용하지 않아 삭아버린 처마가 나무 사이로 희미하게 보였다. 오래된 나무와 다실이 불에 타는 거라고, 창밖에서 사람들의 아우성치는 소리가 들렸다.

타닥, 타닥!! 쿵, 쿵!!

무시무시한 화염 소리를 내며 불타오르고 있었다.

밤에도 등불 하나 밝힌 적이 없는 곳에서 어떻게 저런 무시무시한 불이 났을까.

"정말 왜 불이 난 거지?"

순간 공포심이 여자의 머리를 스치면서 전율이 일었다.

"괜찮아요. 불길이 여기까지 번지지는 않을 겁니다."

남자는 여자를 달랬다. 여자는 고개를 끄덕였다. 물이 가득 찬 넓은 강이 숲을 감싸며 흐르고 있었다. 한껏 달아오른 불씨가 죄다 강으로 떨어졌다. 바람이 전혀 불지 않았기 때문이다. 여자는 점차 안정을 되찾아가고 있었다. 그리고 화재 현장과 주변이 대비되는 풍경을 조용히 바라볼 수 있게 되었다.

하늘에는 달이 떴는데 진주처럼 작고 희미했다. 옅은 푸른색이 하늘 전체로 퍼졌지만, 땅까지 그 빛이 닿지는 않았다. 숲은 점점 더 까매졌다. 날개처럼, 혀처럼, 머리를 숙이고 빗질하는 여자처럼 불은 화염이 되고, 화염은 여러 가닥의 줄기를 통해 자욱한 검은 연기와 섞여 숲속 전후좌우에서 뿜어져 나왔다.

하지만 하늘은 여전히 맑았다. 새까만 숲과 대비되는 은은한 하늘빛이 오히려 이상했다.

이윽고 화재는 어지간히 가라앉았다. 그곳에 모여드는 사람들의 초롱불이 눈에 들어올 정도로 숲 한가운데의 불길은 잦아들었다. 그러자 갑자기 시끄러운 폭음과 함께 연기가 하늘을 향해 치솟았고, 순식간에 안개처럼 흩어졌다. 순간 금비녀 같은 날카로운 불씨가 폭죽처럼 하얗게 흩어지더니 달 표면을 스치듯 연기 속에서 날카롭게 번뜩였다.

"앗!"

여자는 소리치며 창문을 닫았다. 갑자기 여자가 남자의 뺨을 때렸다. 알 수 없는 폭음에 자극을 받은 건지, 그날 밤의 질투심이 발작적으로 되살아난 것이다. 남자는 눈을 번뜩였다. 그리고 움찔거리며 여자를 바라봤다. 여자도 자신의 급작스러운 행동에 스스로 놀라며 얼빠진 상태로 한동안 남자를 바라보며 서 있었다.

여자는 오열하며 남자의 가슴에 얼굴을 파묻었다. 남자에게 사죄하는 마음과 원망하는 마음이 뒤섞여 여자는 계속 오열했다.

이윽고 창문으로 조금씩 붉은 새벽빛이 비쳐왔다. 화

재 현장의 소란은 잠잠해지고 어디선가 아침 새소리가 들려왔다.

방울 소리를 요란하게 울리며 남자를 태우고 갈 인력거가 도착했다.

절망스러운 한숨을 내쉬며 두 사람은 거의 동시에 의자에서 일어섰다. 어느 쪽이라고 할 것도 없이 서로에게 바싹 다가선 두 사람은 마지막으로 부둥켜안았다.

남자의 인력거가 이삼백 미터 떨어진 길모퉁이의 느티나무 아래를 지나가는 게 보였다. 그의 밀짚모자가 신록 사이로 비추는 햇빛에 반짝거렸다. 그것 또한 보이지 않게 되었다. 창문에 다가선 여자의 눈앞으로, 장애인 오빠를 돌보느라 자신은 떠날 수 없는 잿빛 길이 끝없이 펼쳐졌다.

불쌍한 사모님

어느 도시 환락가에 예술의 전당 건물이 하나 있었습니다. 그곳에서는 이미 만원의 관객 앞에서 화려한 러브신이 펼쳐지고 있었습니다. 안내하는 소녀들은 겨우 한숨을 돌리고 정문 현관 입구에서 실없이 수다를 떨고 있었습니다.

그때 한 여자가 갑자기 뛰어 들어왔습니다. 그녀는 머리가 흐트러지고 눈에 핏발이 선 채 온몸을 부들부들 떨고 있었습니다. 소녀들이 놀라서 영문을 묻자 여자는 당황해서 더듬거리며 말했습니다.

"제 남편이 애인과 함께 이곳에 있다는 얘기를 들었어요. 지금 아이가 아파서 누워 있거든요. 아이는 일단 의사한테 맡기고 저는 남편을 찾으러 왔어요. 제발 남편 좀 빨리 불러 주세요."

사정을 딱하게 여긴 안내원들은 남편의 이름을 물었습니다. 그러자 여자는 남편의 이름을 말하는 것은 주저했습니다.

망설이던 여자가 말했습니다.

"남편의 체면 때문에 이름은 도저히 말씀드릴 수 없습니다. 애인과 같이 여기에 있다고 했어요. 아이가 아프다고요! 빨리 좀 불러주세요."

여자는 다급하게 재촉했습니다.

"이름을 알려 주셔야 남편 분을 찾을 수 있어요."

"그걸 어떻게 좀 해주세요."

여자는 끝내 이름을 말하지 않았습니다. 소녀들은 정말 난처했습니다. 그러다가 영리한 한 소녀가 고개를 끄덕이더니, 여자의 말을 그대로 팻말에 적어서 무대 옆에다 세워놓았습니다.

<애인과 함께 오신 신사분, 아이가 몹시 아프다고 합니다. 부인이 지금 밖에서 기다리고 계시니, 정문 현관 앞으로 빨리 나와 주세요.>

그러자 갑자기 극장 안이 웅성거리기 시작했습니다. 여기저기에서 멀쩡한 신사들이 벌떡 일어나더니 정문 현관 쪽으로 향했습니다. 그게 수십 명이나 되었습니다. 소녀들은 황당해하면서 부인들이 참으로 불쌍하다고 생각했습니다.

이토 사치오

이웃집 아내

서홍 옮김

이토 사치오(伊藤左千夫 1864~1913)

본명은 이토 고지로. 가인이며 소설가이다. 지바 현 출신으로 메이지법률학교(현 메이지대학)에 입학하였으나 안과 질환으로 중퇴하였다. 마사오카 시키의 가론집인 『가인에게 바치는 글』에 감동을 받아 1900년에 시키에게 사사하게 되었다. 마사오카 시키가 세상을 떠난 후에 단가 잡지인 《아시비》와 《아라라기》를 창간하여 아라라기파의 기초를 다졌으며 시마키 아카히코, 사이토 모키치, 고이즈미 지카시 등의 가인을 육성하였다. 시키의 계승자로 근대 단가의 혁신을 이끈 인물로 평가된다. 또한 소설가로서도 많은 작품을 남겼는데 1905년에 발표한 순애보 소설 「들국화의 무덤」은 나쓰메 소세키에게 높은 평가를 받았다. 대표작으로는 「이웃집 아내」, 「봄의 조수」 등이 있다.

이웃집 아내

1

"만조, 어서 일어나. 쇼사쿠, 너도. 밖이 훤하다고. 둘 다 당장 못 일어나! 다른 집들은 벌써 일을 시작했어. 날씨가 이렇게 좋은데 언제까지 잠만 잘 거야."

까칠한 형수가 사랑채 덧문을 덜컹 열어젖히고 언성을 높인다. 졸린 눈을 끔뻑이던 쇼사쿠가 고개를 번쩍 드는가 싶더니 이내 다시 베개 속으로 머리를 처박고는 투덜대며 잠이 깼다는 표를 낸다.

아랫방 문이 벌컥 기세 좋게 열리는 소리가 나고, 이어서 작업장 쪽 덧문이 덜컹덜컹 한꺼번에 젖혀지는 소리가 들렸다. 온순한 만조가 아마도 자기 엄마가 소리치는 것을 듣자마자 제대로 허리띠도 못 묶고 작업장 덧문을 열러 갔을 것이다.

"어머니 안녕히 주무셨어요. 이렇게 날씨가 좋을지 몰랐어요."

만조의 목소리다.

"만조, 오전 중에 벼를 말려야 하니까 어서 마당 좀 쓸어."

형수는 벌써 할 일을 지시한다. 만조는 아직 세수도 안 하고 옷도 제대로 안 입었는데 말이다. 저러니까 형수가 남들에게 좋은 소리를 못 듣는 거라고 쇼사쿠는 생각했다. 이렇게 된 이상 단 5분도 더 누워있을 수 없다. 쇼사쿠도 이제 슬슬 일어나야지 하면서도 이불 속에서 미적거리고 있었다. 곧바로 일어날 생각이었지만, 좀체 일어날 수가 없다. 어깨며 허리며 손의 관절 마디 마디 안 쑤시는 데가 없다. 무척이나 힘들었던 모양이다. "그만 일어나자." 쇼사쿠는 스스로 달래듯이 혼잣말을 하며 어떻게든 일어나려고 했지만 도저히 일어날 수가 없었다. 다시 이마를 베개에 대고 엎드린 채 잠시 꾸물거렸다.

쇼사쿠는 완전히 녹초가 되었다. 더구나 어제 벼 베기에선 여자들한테까지 놀림을 당하다 보니 민망한 나머지 무리를 해버렸다.

"농사는 진짜 지을 게 못 돼. 이런, 허리가 아파서 일어날 수가 없잖아."

쇼사쿠는 힘들어하며 식구들 눈치를 보고 있었다.

만조는 마당을 쓸고, 형수는 종려나무 빗자루로 방안을 구석구석 쓰는 모양이다. 형수는 정말 부지런하다. 무슨 일이든 재빨리 해치운다. 방안을 걸어 다닐 때도 조신하게 걷는 법이 없다. 쿵쿵 소리를 내며 걷는다. 그러니 더 이상 누워있을 수가 없다. 두 번이나 깨워도 쇼사쿠가 일어나지 않자 슬그머니 부아가 치민 형수의 비질이 더욱 거칠어졌다. 부뚜막에서는 하녀가 불을 피우기 시작했다. 콩 껍질을 태우느라 탁탁거리는 소리가 계속 났다. 어느새 수탉은 홰를 치고 암탉은 "꼬끼오."울었다. 쇼사쿠도 이젠 정말 일어나야겠다고 생각했다.

"쇼사쿠... 쇼사쿠... 문을 열었는데도 안 일어나니? 젊은 애가 일 좀 했다고 그렇게 늦잠을 자면 어쩌누."

형수 눈치를 보느라 어머니는 일부러 소리를 더 높였다.

"어머니, 안 그래도 이제 일어나려고 했어요."

"이제 일어난다니. 지금까지 누워있는 사람이 어딨어. 기가 막혀서 정말. 어디 그래서야 장가가서 부지런하다

소리 듣겠니?"

"또 시작이세요? 장가만 가면 얼마든지 잘할 테니 걱정 마세요."

"말대답은 잘도 하는구나."

계속 잔소리를 듣다 보면 말대답을 하게 되지만, 쇼사쿠 역시 어머니의 걱정을 모를 정도로 둔하지는 않다. 쇼사쿠가 멋대로 굴면 굴수록 어머니는 다른 식구들 눈치를 살피며 잔소리를 하는 것이다. 애정이 담긴 어머니의 잔소리에 쇼사쿠도 더는 게으름을 피우고 있을 수 없었다.

"처음 일을 하면 누구나 다 그런 법이란다. 병에 걸린 것도 아니잖니. 작업복을 입고 마음만 딱 먹으면 통증도 사라질 거다."

어머니는 그렇게 말하면서도 혹시 어디 아픈 데라도 있나 싶어 쇼사쿠의 뒤로 가서 위아래로 훑어본다. 양쪽 팔꿈치랑 손목이 조금 부어 보이긴 했지만, 그건 피곤해서 그런 거라고 했다.

"그런가? 하지만 허리가 너무 아파요. 농사는 정말 못 해 먹겠어요."

"농사를 못 해 먹겠다고? 농사꾼의 자식이 농사가 싫으면 어쩔 건데. 도키치랑 고로스케 좀 봐라. 농사 같은 거 별 볼 일 없다고 뛰쳐나가더니 결국 그 꼴 좀 보라고."

"어머니, 너무하세요. 도키치랑 고로스케 같은 놈들이랑 같은 취급을 하다니."

어머니는 쇼사쿠의 말을 귓등으로도 안 듣고 부엌 쪽으로 가버렸다.

시원한 공기를 쐬고 찬 우물물로 세수를 하니 쇼사쿠도 이제야 정신이 들었다. 조금 힘이 나긴 했지만 아픈 건 여전했다. 일어나기 전에는 몰랐는데 일어나서 걸어 보니 고관절이 심하게 아팠다. 도저히 똑바로 걸을 수가 없었다. 허리를 굽힌 채 간신히 비척비척 걸어서 우물가로 나왔을 정도이다. 하녀 오하마가 힐끗 쳐다보고는 큭큭 웃는다.

"뭐야, 얼른 밥이나 해."

"벼 좀 베고서 아프다고 지금 나한테 성질 부리는 거예요? 하하하."

"쳇, 네가 뭘 알아...."

쇼사쿠는 오늘도 벼를 벨 수 있을까 싶을 정도로 온몸이 쑤셨지만, 하녀까지 비웃을 정도니 아프다는 말 같은 건 아무한테도 꺼낼 수 없었다.

쇼사쿠는 올해 열아홉 살이다. 나이에 비해서 마음은

여리지만, 덩치는 남들보다 컸다. 약한 소리를 해 본들 쓸데없이 비웃음만 살 뿐이고 누구 하나 동정해 주는 사람도 없다. 힘들지 않은 사람이 어디 있겠냐고 하면 할 말이 없을 것이다.

쇼사쿠도 지금은 '그래 어디 두고 봐.' 하는 마음이다. '설사 논에서 기어다니는 한이 있더라도 아프다는 소린 절대 안 할 테니.'라며 잠시 우물가에 나와 마음을 다잡고 있었다. 우물에서 동쪽으로 조금 떨어진 곳에 대숲이 있고, 그 앞으로 대충 얼키설키 엮은 대나무 울타리가 둘러쳐져 있다. 덤불숲에서 휘파람새의 작은 지저귐이 들렸다. 울타리 아래쪽 소엽맥문동의 우거진 이파리 사이로 파랑 구슬 같은 귀여운 열매가 보였다. 맥문동 열매는 비유할 데가 없을 정도로 예쁜 데다 싱싱하고 생기가 넘친다. 우거진 숲에서 삐져나온 동청목에는 빨간 열매가 수없이 달려 있었다. 튀지 않는 차분한 붉은색이 우아하게 느껴졌다. 그 동그란 열매를 보며 오토요 씨를 떠올린 쇼사쿠의 온화한 얼굴에 옅은 미소가 번졌다.

"그래, 있어. 딱 한 사람. 오토요 씨."

쇼사쿠는 이렇게 혼자 말을 하며 소엽맥문동 열매를 서너 알 따서 손바닥에 올려놓고 새삼 그 아름다움에 넋을 놓고 있었다.

"오토요 씨는 정말 친절한 사람이야."

또 한마디 하고 열매를 본다.

쇼사쿠는 올봄 고등학교를 졸업했다. 체격은 컸지만, 농사는 올해 처음 짓는 거라서 뭐든지 느렸다. 어제 했던 벼 베기는 보고 있기도 민망했다. 누구 하나 이기지 못했다. 하마터면 열네 살짜리 오하마한테도 질 뻔했다. 아니, 사실은 졌다.

"쇼사쿠 오빠, 시합이에요."

오하마의 도발에 넘어갔다.

"쳇, 너한테 질 거 같아?"

있는 힘을 다해 낮 동안에는 어찌어찌 남들만큼 벼를 벴지만, 오후 두세 시가 넘어가니 손이 말을 듣지 않았다.

오하마가 생글거리면서 쇼사쿠의 손끝을 지켜보며 말했다.

"오빠, 나한테 지면 뭐 줄 거예요?"

"만약에 내가 지면 원하는 건 뭐든 줄게."

"약속, 꼭 지켜야 돼요."

"걱정 마. 절대로 안 질 거니까."

이렇게 떠벌리며 기를 쓰다 보니 쇼사쿠는 완전히 녹초

가 되었다. 오하마가 한눈파는 사이에 오토요 씨가 재빨리 쇼사쿠의 볏짚 묶는 새끼줄 서른 개 정도를 가져갔다. 그 덕분에 겉으로는 오하마에게 지지 않고 끝났지만, 사실은 오하마에게 볏 짚단 서른 개 정도 뒤처진 셈이다.

쇼사쿠가 조금이라도 꾸물거리는 것 같으면 식구들이 바로 불러대는 바람에 쇼사쿠는 식구들 눈을 피해 우물가에서 한숨 돌리고 있었다. 오하마가 물을 길으러 왔다.

"쇼사쿠 오빠, 오늘은 꼭 갚아 줄 거예요."

"헛소리 마, 너한텐 한 손으로 해도 이겨."

"그럼 시합해요."

"그래, 해."

오하마가 하하하 웃으며 물을 긷는다.

"누가 나 찾으면 화장실에 갔다고 해."

"싫은데요. 뒤쪽 밭에 있다고 일러 줄 거예요."

"이 계집애가."

쇼사쿠는 언제나처럼 화장실에 간 척하며 뒷문 쪽 뽕밭으로 나가서 잠시 숨어있었다. 아니나 다를까 형이 계속 불러댔지만, 오하마가 도와줘서 20분 정도 쉴 수 있었다.

아침 이슬에 촉촉이 젖은 뽕나무 숲과 그 옆으로 이어진 유채밭과 무밭에 푸르름이 더해져 기분이 상쾌해진다. 누런 벼 이삭이 죽 늘어선 널찍한 논이랑 가을빛으로 살짝 물들기 시작한 먼 산. 산기슭의 산촌 굴뚝에서 푸르스름하게 피어오른 연기가 저 멀리 길게 흘러가고 쪽빛 하늘은 더할 나위 없이 맑고 투명했다. 눈앞에 펼쳐진 모든 것이 생기있게 각자의 본능을 발휘하면서도 자연과 통일감 있게 어우러져 있었다. 쇼사쿠 자신도 자연의 일부가 되어 그 위대한 힘에 동화되고 그 힘이 자신의 육체와 정신에도 깃들어서 새로운 생명으로 되살아난 듯했다. 오토요 씨랑 오하마 같이 미운 구석이라곤 털끝만큼도 없는, 밝고 명랑한 사람들과 오늘도 흥겹게 벼를 벨 생각을 하니 왠지 기분이 들떴다.

아직 해도 다 안 떴는데 벌써 말을 끌고 오는 이웃 동네 사람도 있고, 짐수레를 끌고 오는 사람도 있었다. 양 끝에 보자기를 매단 긴 막대기를 어깨에 메고 오는 사람, 양손을 품속에 집어넣고 느긋하게 걸어오는 사람, 큰 소리로 신나게 떠들며 지나가는 사람. 오늘도 활기찬 하루가 시작된다고 생각하니 가슴속에서 무언가 꿈틀대는 것 같았다.

쇼사쿠는 발목이며 허리며 아픈 것도 완전히 잊고, 모두가 일하고 있는 밖으로 힘차게 걸어 나왔다.

"쇼사쿠, 넌 솥 좀 닦아라. 아침 먹기 전에 네 개 정도는 닦아야 한다. 아까 그렇게 불렀는데 어딨었어? 뭐 속이 안 좋다고? 일에 집중하면 다 나아. 이렇게 바쁜데 아침 나절부터 그렇게 빈둥거릴 거냐?"

"쇼사쿠는 화장실만 가면 올 생각을 안 한다니까. 일을 처음 배울 때야 힘든 게 당연하잖아. 하지만 그건 누구나 다 그런 거 아니겠어. 1년만 지나면 능숙해진다고."

형과 형수는 잔소리를 하면서도 일손은 놓지 않는다. 일을 처음 배울 땐 힘들다는 걸 알고 있으면 조금은 봐줘도 되지 않나 싶지만, 형이랑 형수에게는 말대답을 못한다. 어머니에게 말대답하듯 형이나 형수에게 했다가는 큰일이 난다. 모든 집이 다 그런 건 아니겠지만, 부모 자식과 형제 사이는 완전히 다르다. 처자가 있고 나이 차이까지 많이 나는 형은 더 어려운 법이다. 게다가 쇼사쿠네 가족은 옛날부터 서로 좀 어려워했다.

쇼사쿠는 잠자코 솥 닦을 준비를 했다. 늘 그렇듯 형은 쉬지 않고 잔소리를 하며 커다란 키로 창고에 있는 벼를 마당으로 계속 옮겼다. 이어서 형수가 그 벼를 넓게 펼치고, 만조는 마당 구석구석까지 멍석을 깔고 그 위에다 벼를 말렸다. 예순 장 정도 되는 멍석의 절반 넘게 벼가 널려 있다.

쇼사쿠는 넓적한 사기그릇에 물을 부어놓고, 처마 아래 문지방에 앉아서 한쪽 팔을 옷 밖으로 빼 어깨까지 드러낸 채 힘껏 솥을 닦기 시작했다. 쇼사쿠는 농부의 아들치고는 감성이 풍부한 편이었다.

아침 햇살이 숲의 나무 사이로 쏟아져 들어왔다. 장지 창호지에 옅은 그림자가 흐릿하게 드리운다. 무슨 그림자인지 형태는 확실치 않지만, 색은 그 순간이 가장 아름답다. 투명한 황금 같은 색이다. 강렬하면서 빛이 나고 색이 있다. 손에 잡힐 듯이 또렷한 그 색은 그대로 있지 않았다. 한번 강렬하게 빛난 뒤 점점 옅어졌다. 나뭇잎이며 작은 새의 그림자를 똑똑히 구별할 수 있게 되자 비로소 주위가 차분하고 조용해졌다.

쇼사쿠는 그 흥미로운 광경에 흠뻑 빠져 있었다. 솥을 닦는 손은 그저 기계적으로 움직일 뿐이었다. 오하마는 아무런 근심 걱정 없는 목소리로 콧노래를 흥얼거리며 부엌일을 하고 있다. 형 부부랑 만조는 마치 기계처럼 질서정연하게 움직인다. 쇼사쿠 눈에는 집안 식구들의 이런 모습이 시시각각 서서히 움직이는 태양의 리듬을 따르고 있는 것처럼 보였다. 쇼사쿠도 이제 그냥 기분이 좋아졌다.

도쿄에서 책을 쓰는 사람들은 전원생활이 어떻다느니하면서 시골 생활을 그저 유유자적으로만 생각하는 모양인데 사실은 도시 사람들의 상상과는 다르다. 성실하게 최선을 다하는 농부의 가을이 얼마나 바쁘고 치열한지 게으른 사람은 모르는 것이 많다. 빈둥대다가는 여자한테까지 무시당하고 만다. 사랑도 돈도 부지런하지 않으면 얻을 수 없다. 집안에 게으름뱅이가 한 명만 있어도 집안의 평화가 깨지는 법이다. 하지만 가족이 하나가 되어 일할 때는 아주 힘든 일도 생각보다 힘들지 않다. 아침저녁 바쁘게, 강어귀에 물안개가 피어오를 때 일어나서 오리온자리가 서쪽으로 기울 때까지 일하는 건 물론 힘들지만, 말로는 표현할 수 없는 즐거움도 많다.

각자 좋아하는 얘기도 하고, 노래도 부르고 농담도 한다. 누가 누구랑 사귄다더라 하는 얘기며 애절한 사랑 얘기도 집안에서 하기엔 좀 조심스럽지만, 밖에서 일할 때는 눈치를 안 보고 할 수 있다. 마음에 둔 사람이 어쩌다 같은 논에 있게 되면, 비록 몇백 미터 떨어져 있더라도 멀리서나마 서로의 모습을 바라볼 수 있으니 남모르게 흥이 나고 힘든 것도 못 느끼는 법이다. 하물며 좋아하는 사람과 어깨라도 나란히 하고 일을 하게 되면 그것은 더는 힘든 노동이 아니게 된다. 반드시 연애 감정만 그런 것은 아니다. 온 식구가 한마음으로 일을 하다 보면 가족 간의 화합에서 생겨나는 재미가 있는데 이 또한 나름의 멋이 있다.

쇼사쿠가 한쪽 어깨까지 드러낸 채 기운차게 솥을 닦기 시작하자 형 부부의 얼굴에서 못마땅한 기색은 완전히 사라지고 유쾌한 얘기가 나온다. 어머니도 툇마루까지 나와서 이야기에 장단을 맞춘다. 쇼사쿠가 일만 잘하면 어머니는 항상 기분이 좋아 보였고 가족들에게도 당당했다. 자식을 사랑하는 부모에게 효도하는 건 너무 당연한 일이다.

"오늘, 내일 열심히 하면 모레는 일찍 끝날 테니 추수 기념으로 뭘 먹을까? 쇼사쿠! 넌 당연히 떡이지?"

형이 말했다. 쇼사쿠는 빙그레 미소를 지은 채 아무 말도 하지 않는다.

"떡보다는 초밥으로 해요. 떡은 요전에 한 번 했으니까 이번에는 초밥이지. 그치? 쇼사쿠. 너도 찬성이지?"

"난 다 좋아요."

"쇼사쿠, 그렇게 말하면 안 돼. 형이랑 만조는 항상 떡이니까 넌 초밥이라고 해야지. 나랑 오하마가 초밥이고 떡도 둘이니까 쇼사쿠만 좋다고 하면 이번엔 초밥으로 결정!"

쇼사쿠는 여전히 미소만 띤 채 아무 말도 하지 않는다. 만조가 할머니도 떡을 골랐다고 했다. 그러자 형수가 "할머니는 추수를 안 하니까 투표권 없어."라고 한다. 웃고 떠들면서 흥겨운 얘기를 주고받으면서도 각자 일손은 놓지 않으니, 일은 착착 진행된다. 쇼사쿠가 솥단지 네 개를 다 닦았을 무렵 벼 말리기도 일단락이 되었다. 오하마가 와서 점심을 먹으라고 했다.

어제는 이쪽 식구 세 명이 옆집 추수를 도왔다. 오늘은 옆집에서 세 명이 와서 쇼사쿠네 추수를 돕는다. 젊은 사람들은 여럿이 모여서 시끌벅적하게 일하는 걸 좋아해서 친한 사람들끼리는 보통 그렇게 한다.

옆집에서 세 명, 이쪽 식구가 다섯 명, 전부 여덟 명인데, 형은 벼를 옮기는 역할이라 추수를 하는 사람은 일곱 명이다. 한 명이 오백 단씩 거두면 삼천오백 단을 거두게 되지만, 쇼사쿠와 오하마는 아직 한 사람 몫을 못한다. 둘은 사백 단씩 거두라고 했다. 쇼사쿠는 덩치가 큰 장정이 오하마랑 같은 취급을 받는 게 창피하다고 했다. 그러자 형수가 오백 단이든 육백 단이든 거둬보라며 비웃는다. 오하마 역시 쇼사쿠가 오백 단을 베면 자기도 오백 단을 베겠다며, 오늘은 반드시 쇼사쿠에게 이겨서 뭐든지 받아내고 말 거라고 한다.

"내가 지면 원하는 걸 사줄게. 그런데 네가 지면 뭐 해 줄 건데?"

"나도 뭐든 줄 테니까 오빠가 정해요."

"좋아, 그럼, 내가 지면 손 튼 데 바르는 연고 너 줄게."

"그게 뭐예요? 그럼 내가 지면 연고를 좀 덜어 주면 되겠네. 하하하하."

작업복을 입더라도 젊은이들은 저마다 나름의 스타일이 있다. 옷에 무관심한 쇼사쿠는 조금 깨끗한 흰색 모슬린 헤코오비*를 멘 정도다. 하지만 오하마는 중고 겉옷이기는 해도 나름 고상한 느낌이 나는 새 깃과 오비에다 연노랑 다스키**를 걸고 있었다. 오하마는 날씬하고 피

---

* 남성용 오비로 일본의 전통 의복인 기모노를 여며주는 역할을 하는 일종의 허리띠.

** 옷소매 등이 일하는 데 방해되지 않도록 말아 올리기 위한 끈.

부도 흰 편인 예쁘장한 계집아이다. 흰색 수건을 둘러쓴 뒷모습을 보면 동네에서 인기가 있을 만했다. 만조 따위 안중에도 없다는 듯 행동하는 것도 재미있다. 쇼사쿠와 장난치는 걸 좋아하지만, 일할 때는 기를 쓰고 쇼사쿠한테 이기려고 한다. 천진난만한 모습이 귀엽다.

잠시 뒤에 오토요 씨가 남편 세이 씨와 세이 씨의 어머니와 함께 왔다. 오토요 씨는 절대로 세이 씨와 나란히 걷는 법이 없었다. 다들 인사를 건네며 어제 했던 작업이 어땠다는 둥 날씨가 좋다는 둥 얘기를 주고받느라 시끌벅적해졌다. 오토요 씨는 조금 전 뜰 앞까지 왔을 때만 해도 우울해 보였는데 사람들과 두세 마디 주고받더니 바로 평소의 밝은 안색이 돌아왔다.

오토요 씨는 차림새도 그 마음처럼 말끔하고 반듯해서 보는 사람의 기분까지 산뜻하게 만든다. 하나부터 열까지 오토요 씨를 숭배하는 오하마는 뭐든지 오토요 씨 흉내를 냈다. 오하마는 오토요 씨가 온 걸 보자 마당까지 마중을 나갔다. 오토요 씨를 위아래로 훑어보면서 "이건 뭐예요? 이건?" 하며 오토요 씨 물건에 대해 꼬치꼬치 캐묻는다. 오토요 씨는 열아홉 살치고는 억척스러운 편이라서 스무 살도 안 된 여자로는 보이지 않았다. 여자치고는 체격이 좋은 편이지만 그렇다고 성격이 괄괄한 건 아니다. 타고난 하얀 피부에 발그스름하니 혈색이 좋다. 입술은 언제나 립스틱을 바른 것처럼 보인다. 숱이 많은 검은 머리를 깔끔하게 틀어 올렸다. 오비며 깃이며 어제와 달리 화사했다. 아무리 봐도 오토요 씨는 이웃집 세이 씨의 아내로는 아깝다. 오토요 씨의 얼굴이 우울해 보였던 게 그래서라면 가엾은 일이다.

"쇼사쿠, 아무리 농사를 시작한 지 얼마 안 됐다고 해도 그 몸집으로 여자한테 지는 건 말도 안 되잖니? '그럼 좀 어때.' 이런 마음가짐으로는 아무리 시간이 흘러도 발전이 없는 거란다."

어머니는 쇼사쿠를 생각해서 응원을 하는 것이다. 쇼사쿠는 늘 그랬듯이 그저 빙그레 미소로 답한다. 한참 만에 여덟 명 모두 준비가 끝나서 목적지로 나갔다. 오토요 씨와 오하마의 모습이 사람들의 눈길을 끌었다. "이야, 아름다운 벼 베기로군."이라고 칭찬하는 사람들도 있는가 하면, "뭐야 너무 꾸민 거 아냐."라고 비아냥거리는 사람들도 있다. 오하마가 쇼사쿠한테 마음이 있다며 수군거리는 소리도 들렸다. 오하마가 소리 나는 쪽을 힐끗 쳐다봤지만, 누군지는 알 수 없었다. 오토요 씨는 그저 잠자코 고개를 숙인 채 곁눈질도 하지 않고 걷고 있었다. 형수가 갑자기 물었다.

"오토요 씨 덕분에 우리 집은 모레면 추수가 끝나는데. 댁은 언제쯤 끝나요?"

"저희도 모레..."

"우리 집에서는 드디어 떡을 초밥으로 바꾸기로 했어요. 오토요 씨 댁은 뭘로 할 건가요?"

"저흰 떡이래요. 저는 떡 싫은데."

"그럼 오토요 씨, 모레 우리 집으로 와요."

"그럼 쇼사쿠 오빠가 옆집으로 떡 먹으러 가고 오토요 씨가 초밥 먹으러 오면 되겠네."

이렇게 말한 건 오하마였다.

"아침부터 먹는 얘기만 하는군."

그렇게 말하며 형은 오른쪽 어깨에 짊어지고 있던 새끼줄을 왼쪽 어깨로 옮겼다. 세이 씨 어머니랑 만조는 뭐가 그리 재미있는지 계속 큰 소리로 웃고 있다. 세이 씨는 손으로 팽팽 코를 풀면서 종종걸음을 걷는다. 그런 세이 씨를 오토요 씨는 못마땅한 얼굴로 힐끗 쳐다본다.

올해의 벼 수확은 최근 몇 년 가운데 최고의 풍작이었다. 삼십 마지기 정도 되는 논에 늦은 벼를 심었다. 벼 이삭 하나가 거의 한 주먹은 될 정도로 튼실하다. 이삭의 무게를 못 이겨 절반 이상의 벼가 기울어져 있었다. 형네 부부는 논둑에 서서 만족스러운 표정으로 논을 바라본다. 서풍 때문에 벼가 동쪽으로 쓰러져 있어서 서쪽에서부터 벼를 베기 시작했다.

오하마는 쇼사쿠와 나란히 벼를 베고 싶었지만, 눈치 없는 만조 때문에 뾰로통한 얼굴로 형수와 만조 사이에 섰다. 오토요 씨는 자기 남편과 나란히 서는 걸 아주 싫어해서 쇼사쿠 옆에 섰다. 누가 뭐래도 지금 제일 인기 있는 건 쇼사쿠다. 무슨 일에든 차분한 쇼사쿠도 이렇게 오토요 씨와 나란히 서서 벼를 베기 시작하고 보니 지면 안 되겠다 싶어서, 얼굴이 빨개지도록 열심히 벼를 벤다. 만조는 벌써부터 혼자서 노래를 부른다. 오토요 씨는 농사일이라면 뭐든지 잘한다. 생글생글 웃으면서 손도 더럽히지 않고 땀도 흘리지 않으면서 여유 있게 벼를 베는데, 네 다발, 다섯 다발 한 움큼씩 벤다. 쇼사쿠는 이를 악물고 경쟁해 보지만, 오토요 씨에 비하면 어린아이나 다름없다. 오토요 씨는 미소로 답하며 쇼사쿠 몫의 새끼줄을 열 개, 스무 개씩 비워주었다. 오하마는 그래봤자 열네 살짜리 어린 계집아이다. 오토요 씨의 그런 모습을 전혀 눈치

채지 못했다. 혼자 노래 부르다 지루해진 만조가 외쳤다.

"오하마, 노래 불러 봐. 오토요 씨 오늘은 왜 노래 안 해요?"

아무도 노래를 부르지 않았다. "삭삭삭." 벼를 자르는 낫 소리만 들리고 말소리는 거의 들리지 않았다. 세이 씨는 우리 어머니랑 작은 소리로 얘기를 하고 있다. 만조가 하품을 하면서 말했다.

"뭐야, 너무 얌전한 척 하는 거 아냐. 쇼사쿠 삼촌이 있으면 오토요 씨도 오하마도 노래를 안 한다니까."

만조는 넉살 좋게 그런 말을 하고 음흉하게 웃는다. 만조 말대로 오토요 씨는 정말 쇼사쿠와 같이 있을 땐 말이 없어진다. 쇼사쿠는 원래 숫기가 없는 편이라 나란히 서서 반나절을 같이 일해도 제대로 말도 못 걸었다. 그래서 시끌벅적할 것 같았던 오늘의 벼 베기는 예상과 달리 아주 조용했다. 그런데 겉보기엔 고요했지만, 오토요 씨랑 오하마의 속마음은 시간이 흐르는 것도 못 느낄 만큼 소란스러웠다.

쇼사쿠는 오토요 씨가 자신을 의식하고 있다는 걸 아직 눈치채지 못했다. 하지만, 그런 쪽으로 조금이라도 경험이 있는 사람이라면 남에게 별로 신경도 안 쓰던 오토요 씨가 쇼사쿠에게는 다가가고 싶어 한다는 걸 금방 알아차릴 것이다. 그런데도 안 그런 척하며 말도 걸지 않는 모습에 오히려 눈길이 갈 수밖에 없다. 딴생각이 있지 않고서야 일부러 데면데면하게 굴 리가 없으니 말이다. 벼베기를 도와주는 것이 마음이 있어서인지 확실하진 않지만, 그 태도만은 분명 예사롭지 않아 보였다.

오후도 오전과 비슷한 분위기로 지나갔다. 형 부부는 벼농사가 잘 돼서 기분이 들뜬 탓인지 젊은이들의 어색한 분위기는 눈치채지 못했다. 큰 논의 추수는 해 질 무렵이 되어서야 끝나고, 논두렁에는 볏단이 쭉 세워졌다. 쇼사쿠는 오토요 씨 덕분에 녹초가 되지도 않았고, 오하마에게 져서 창피를 당할 일도 없었다. 만약에 오토요 씨가 한 일을 오하마가 알았다면 난리를 쳤을 텐데, 결국 눈치채지 못했다. 그건 아무도 몰랐던 것 같다.

"오늘만큼만 하면 쇼사쿠도 이제 한 사람 몫을 충분히 하겠어."

형수가 이렇게 칭찬하는 걸 보면 알 수 있다. 둔한 편인 쇼사쿠도 친절을 베풀어 준 오토요 씨가 좋은 사람이라는 생각이 들었다. 오토요 씨가 남의 아내가 아니었다면 그 친절을 호감으로 받아들였을지도 모르지만, 아무도 좋아해 본 적 없는 쇼사쿠는 아직은 오토요 씨의 미묘한 태도를 알아차리지 못했다.

올가을에 두 집이 함께 벼 베기를 하게 된 것도 실은 쇼사쿠를 마음에 두고 있는 오토요 씨가 꾸민 일이었다. 그녀는 나이에 맞지 않게 통이 크고 수완도 좋은 데다 겁도 없어서 아무렇지 않게 맹랑한 짓을 저지를 수도 있다.

그러고 보면 오늘 벼 베기에서는 오토요 씨가 목적을 이룬 것 말고는 달리 특별할 게 없었다. 추수는 벼만 베면 되는 거니까 두 집이 함께 추수를 하게 되면 뭔가 색다른 점이 있어야 하는데 이번 벼 베기는 아무래도 그게 빠져 있었다. 세이 씨는 지루하다는 듯이 남들을 따라서 일만 했고, 만조도 오하마도 세이 씨의 어머니도 특별히 재미를 느끼지 못했다. 자기 생각만 하며 남들에게 조금이라도 더 일을 시키려고 하는 형 부부는 다른 사람들이 즐겁게 일을 했든 말든 관심도 없다. 그래서 이런 방식이 쓸데없다는 생각도 안 한다. 그저 젊은 애들이 같이 하고 싶어 하니까 별말 안 할 뿐이다. 하지만 다른 사람들은 그렇지 않았다. 여럿이서 하면 재미있을 것 같아서 두 집이 서로 도와가며 추수를 한 건데 왠지 다들 마음이 제각각이라서 별로 즐겁지 않았다. 그래서 일을 마칠 무렵에는 세이 씨도 만조도 오하마도 재미없다고 입을 모았다.

하긴 그럴 만도 했다. 오토요 씨 한 명을 위해 모두가 수선을 떤 거나 마찬가지니. 말하자면 모두가 그녀에게 조종당한 것이다. 아무도 오토요 씨에게 놀아났다는 것을 눈치 채지 못했지만, 실은 그래서 재미가 없었던 것이다. 물론 그녀도 남들을 속이려는 악의가 있었던 것은 아니다. 하지만 그녀가 다른 사람들의 기분과 상관없이 자신의 비밀에만 집중했기 때문에 단합이 되지 않았던 것이다. 언제나 멋진 목소리로 노래를 불러서 어디에서든 중심이 되는 오토요 씨가 오늘은 무슨 일인지, 제대로 노래도 부르지 않아서 흥이 나지 않았던 것이다. 세이 씨랑 그의 어머니 역시 '무슨 기분 나쁜 일이라도 있나 보지. 드문 일도 아니고.'라고 생각하는지 별로 신경도 안 썼다. 이런 걸 보면 오토요 씨는 아주 제멋대로인 것 같다. 하지만 사람들을 하나로 모을 수 있는 능력이 있는 사람은 그 유대 관계도 쉽게 깨는 법이다.

오토요 씨의 비밀을 전혀 눈치 채지 못한 쇼사쿠는 자신도 모르는 사이에 그저 꼭두각시처럼 오토요 씨에게 휘둘리다 하루가 저문 것 같은 기분이 들었다.

3

오늘은 추수를 마치는 날인데, 아침부터 폭우가 쏟아졌다. 바깥일은 당연히 불가능하다. 쉬는 법이 없는 형 부부도 오늘 아침만큼은 느긋하게 보낸 모양이다. 덧문을 여는 소리가 평소보다 거칠지 않았다. 쇼사쿠도 어머니가 와서 깨울 때까지 잘 수 있었다. 쇼사쿠가 눈을 떴을 때, 부엌 바닥에서 벼를 찧는 소리가 기분 좋게 울리고 있었다. 만조가 벼를 찧고 있는 모양이다. '비가 오니 집안에서 새끼라도 꼬아야겠군. 몸이 개운한걸.' 쇼사쿠는 이런 생각을 하며 기운차게 일어났다.

사실 그는 오늘은 좀 쉬고 싶었다. 하지만 가을걷이가 한창인데 제정신이냐는 소리를 들을 것 같기도 하고, 또 '쇼사쿠가 일을 잘해서 밥맛이 난다.'고 말하는 어머니를 생각하니 쉬고 싶은 마음도 사라졌다.

"형님 오늘은 뭘 할까요?"

"글쎄, 어쩔 수 없군. 새끼라도 꽈라."

"형님은 뭐 할 건데요? 새끼를 꼴 거면 나랑 같이 짚을 적셔요."

"난 멍석을 짜야 하니, 그건 오하마랑 같이 해라."

쇼사쿠는 자신과 오하마 몫으로 열 단 정도 되는 짚을 물에 적셔서 다듬어 놓았다. 오하마는 평소처럼 해맑게 노래를 부르면서 부엌에서 물일을 하고 있었다. 형수는 이런 날이 아니면 청소를 제대로 할 수 없다면서 집안 구석구석 걸레질을 하고 다녔다. 청소 하나를 해도 대충 하는 법이 없다.

아침 식사가 끝났다. 만조는 벼를 찧고, 형은 멍석을 짜고 쇼사쿠와 오하마는 새끼를 꼬고 형수는 어머니와 함께 낡은 옷을 깁는다. 앞집 사는 마사 씨가 볏짚을 짊어지고 왔다.

"나도 같이 하려고요. 이런, 오하마 씨도 새끼를 꼬는군.... 이야, 이런 행운이. 난 오하마 씨가 있는 곳에서 새끼를 꼬려고 왔는데."

"마사 씨, 이리 와요. 오하마, 너를 보려고 왔다잖아."

"뭐예요. 싫다고요."

오하마는 벌떡 일어나서 쇼사쿠의 오른쪽으로 자리를 옮겼다. 마사 씨는 싱글거리면서 쇼사쿠의 왼편에 자리를 잡았다.

"어제 벼 베기는 꽤 시끌벅적했지. 난 오하마 씨에게 반했다니까.... 하하하하."

마사 씨는 말솜씨가 좋아서 경우에 딱 맞는 얘기를 잘도 한다. 농담 반 진담 반 잘 섞어 이야기를 하니 사람들은 그의 이야기 속으로 금방 빠져든다. 마사 씨는 오하마의 얼굴을 힐끔거리면서 오토요 씨를 칭찬했다.

"여자 앞에서 다른 여자 칭찬을 하는 건 좀 그렇지만, 뭐 괜찮죠? 오하마 씨. 오하마 씨는 오토요 씨를 좋아하니까."

오하마는 딴 곳을 쳐다보며 상대도 하지 않았다. 마사 씨는 누구와도 스스럼없이 얘기를 하는 사람이다. 밖에는 가을비가 추적추적 내리고 있었다. 이 처량한 비 때문에 쓸쓸해서 밖으로 나돌아 다니는 사람도 있을 것이고, 집안에 틀어박혀 있는 사람도 있을 것이다. 하지만 화목한 집이라면 가을의 쓸쓸함 따위는 아무 문제도 안 된다. 형의 진지한 얘기가 끝나자 이어서 만조가 실없는 얘기를 해서 모두를 웃겼다. 다시 오토요 씨가 화제에 올랐다. 마사 씨는 나름 진지한 표정으로 말을 이어갔다.

"오토요 씨 말이에요. 정말 안됐어요. 어째서 세이로쿠랑 사는지 이해가 안 간다니까요. 흉을 보는 거 같아 좀 그렇지만, 세이로쿠는 너무 게으르지 않아요? 그 집 아버지도 그렇고 어머니도 그렇고 참 꼴이 말이 아니죠. 게다가 세이로쿠는 도박까지 하니. 오토요 씨도 참 가엾게 됐죠. 재산도 오토요 씨 친정에 비하면 절반밖에 안 된다는데. 왜 그런 남자랑 같이 사는지 모르겠어요."

"하지만 남들 모르는 좋은 구석이 있는지 알게 뭐요. 부지런하고 일 잘하는 오토요 씨가 있어 주니 더할 나위 없지."

형은 너무 현실적인 얘기만 한다.

"그 집 식구들은 어떻게든 오토요 씨를 붙잡으려고 애를 쓰는 모양인데, 요즘 오토요 씨가 마음을 못 잡고 있나 봐요. 하긴 붙잡아 두려는 게 무리죠."

오하마가 목이 메인 듯한 소리로 갑자기 중얼거렸다.

"오토요 씨가 친정으로 가 버리면 난 어쩌지."

"가긴 어딜 가. 그냥 그렇다는 얘기지."

형이 오토요 씨를 칭찬하는 모습은 재밌다.

"난 오토요 씨가 아주 맘에 들어. 그 사람은 동네 젊은 여자들의 좋은 모범이지. 작업복을 입은 오토요 씨는 정말 멋지다니까. 아주 보기 좋아. 긴 옷에 하오리* 따위를

---

* 방한용, 멋 내기 등 용도가 다양하며 기모노 위에 겹쳐 입는 기장이 긴 전통 복식.

걸치고 어슬렁대는 건 딱 질색이라고. 편안한 겉옷에 오비를 단단히 묶고 야무진 모습으로 열심히 일하는 모습은 보고만 있어도 기분이 상쾌해지잖아. 뭐니 뭐니 해도 사람한테는 일이 제일 중요하니까. 젊은 애들이 일한다면서 폼만 잡는 건 정말 꼴도 보기 싫다고. 휴일 같은 걸 만들어 대는 것도 맘에 안 들어. 오하마도 오토요 씨 좋아하지? 잘 배워. 일도 오토요 씨처럼 능숙하게 해야 한다고."

"이야, 형님 말씀 참 잘하셨어요. 오하마 씨, 형님한테 오비든 옷이든 뭐든 다 사 달라고 해요."

쇼사쿠는 그저 웃기만 할 뿐 한마디도 하지 않는다. 만조는 벌써 쌀 네 말 정도를 찧었다. 형은 가마니를 세 개나 짰다. 쇼사쿠는 오하마와 함께 새끼를 꼬았지만, 둘 다 두 다발의 짚을 채 끝내지 못했다. 형은 온 집안 식구가 다 같이 일을 할 때면 항상 기분이 좋아 보였다.

"오하마, 그렇게 갑자기 열심히 할 거 없다. 날씨가 좋을 때 열심히 일하고, 이런 날은 좀 쉬는 거야. 그럼 돼. 뭐 하기야 게으름 부리고 놀아봤자 별거 없긴 하지. 오하마, 고구마나 좀 쪄라."

오하마가 부엌으로 갔다.

쇼사쿠는 생각했다.

'첫째는 재산, 둘째는 성실이라고 주장하는 형은 이해하기 힘든 말만 하는 사람인 줄 알았는데...... 오늘 얘기는 좀 알 것 같기도 하다. 맞다. 이게 재미지. 다 같이 이렇게 즐겁게 일하는 게 좋은 거다. 전원생활이니 뭐니 하면서 농민의 고통을 구경만 하고 어슬렁거리는 건 진정한 전원생활이 아니다. 그래, 나도 농부가 되자. 뼈 빠지게 일만 한다는 생각에 농부가 되고 싶지 않았지만, 생각해 보면 형 말이 맞다. 농부가 되자. 진짜 농부가 되는 거다. 그러고 보니 정말로 오토요 씨는 훌륭한 여자다. 나이는 같지만, 나하고는 수준이 달라. 거기다 오토요 씨는 친절하기까지 하고.'

쇼사쿠는 생각에 잠긴 채 어제의 오토요 씨 모습을 떠올렸다.

'마사 씨 말도 맞다. 오토요 씨가 옆집으로 시집을 온 건 정말 가엾은 일이다. 어쩌면 마사 씨 말처럼 그 집을 떠나고 싶을지도 모른다.' 그런 생각을 하다 보니 묘하게 오토요 씨가 그리워지고 떠나면 어쩌나 하는 마음이 들었다.

"쇼사쿠, 말 좀 해봐. 무슨 생각을 하는 거야? 하하하하."

쇼사쿠는 깜짝 놀랐지만 늘 그렇듯 온화한 미소를 띠고 마사 씨 쪽을 쳐다보았다. 마사 씨는 쾌활하게 웃으며 벌써 새끼를 세 줄이나 꼬았다. 쇼사쿠가 채 두 줄을 끝내기도 전에 마사 씨는 벌써 세 줄을 꼰 것이다. 만조는 또다시 다섯 말째 벼를 창고에서 꺼내다 절구에 붓고 있었다. 오하마는 고구마를 가득 넣은 솥을 아궁이에 올리고 나서 뒷일은 어머니에게 부탁하고 다시 새끼를 꼬기 시작했다.

만조는 쌀을 절구에 적당히 부은 뒤 쌀가마를 다시 창고로 옮겼다. 절구 옆에 앉아 잠시 얘기를 듣고 있던 만조가 뜬금없는 얘기를 꺼냈다.

"오늘은 쇼사쿠 삼촌이 한 턱 내는 거지? 내가 확실한 증거를 잡았으니까."

갑작스런 만조의 얘기에 다들 관심을 보이며 귀를 기울였다.

"쇼사쿠가 한턱낼 일이 있다니 이거 재밌군. 빨리 말해봐. 쇼사쿠도 한턱내려면 준비가 필요할 테니까."

마사 씨가 재촉을 하자 만조는 무겁게 입을 열었다.

"오토요 씨가 쇼사쿠 삼촌한테 반한 것 같아요."

"뭐? 정말이야? 이거 흥미진진한데. 만조 너 대체 뭘 본 거야? 그렇다면 쇼사쿠 정말 한턱내야 되겠는걸."

입이 가벼운 마사 씨가 신이 나서 맞장구를 쳤다.

"만조, 너 무슨 소릴 하는 거야?"

쇼사쿠는 말은 그렇게 했지만, 이상하게 얼굴이 뜨거워졌다. 만조는 괜한 말을 꺼냈나 하는 표정으로 말을 이어갔다.

"어제 추수할 때 오토요 씨가 삼촌을 몰래 도와줬잖아. 내가 똑똑히 봤다고. 오토요 씨가 삼촌 옆에 딱 붙어서 떨어지지 않던데. 반한 게 틀림없다고."

오하마는 눈을 동그랗게 뜨고 만조를 쳐다보았다. 쇼사쿠는 얼굴이 새빨개졌다.

"무슨 헛소리야. 그야 내가 너무 느리니까 오토요 씨가 몰래 도와준 건 사실이지만 그건 오토요 씨가 친절해서 그런 거지. 반했다거나 뭐 그런 건 아냐. 만조 이 자식 말도 안 되는 소리를 하고 있어."

쇼사쿠는 열심히 변명을 했지만 왠지 거북했다. 게다가 오토요 씨한테 정말 그런 마음이 있는 것이 아닐까 하는 생각에 얼굴은 더 뜨거워지고 심장은 한껏 고동쳤다. 만조는 더 말할 생각은 없는지 서둘러 쌀을 찧었다. 마사 씨는 더더욱 신이 나서 떠벌렸다.

"그야 모르지. 만조가 그렇게 봤다면...... 아무튼 쇼사 쿠는 한턱내야겠군. 남의 아내이긴 하지만, 아무튼 여자 가 반하다니 대단한데, 쇼사쿠...."

형은 그런 얘기에 끼어들 사람은 아니었지만, 표정이 굳어 있었다. 형의 표정을 눈치 챈 마사 씨가 무슨 말인가 꺼내려다 말았다. 갑자기 부엌문이 열리고 어머니가 얼 굴을 내밀었다.

"만조."

"예."

"너 지금 오토요 씨 얘기 했니?"

"네...."

만조는 큰 실수를 했다고 생각했는지 얼굴이 새파래 지고 눈가가 촉촉해졌다.

"네가 뭘 봤는지 모르지만, 오토요 씨는 이웃집 며느리 잖니. 네 삼촌은 이제 결혼도 해야 하고. 아무리 농담이라 도 남의 몸에 상처가 날 만한 말은 하는 게 아니다. 다신 그런 말 말거라."

"네."

만조는 너무 죄송해서 용서를 구하지도 못했다. 정직 한 만조의 얼굴에서 결코 해서는 안 될 말을 해버렸다는 후회가 그대로 드러났다. 이런 만조의 얼굴을 보고 어머니도 더 이상 꾸짖지 못하고, 마사 씨에게 들으라는 듯이 만조에게 다짐을 했다.

"행여라도 그런 소문이 돈다면 오토요 씨도 삼촌도 정말 곤란해지니까. 꿈에라도 그런 말을 해서는 안 된다. 알겠지? 만조."

"예."

어머니가 정색을 했기 때문에 이야기의 불씨가 꺼진 것 같았다. 그런데 호랑이도 제 말 하면 온다더니 부엌 뒷문에서 오토요 씨의 목소리가 들렸다.

"안녕하세요."

언제나처럼 명랑한 목소리가 들리더니 오토요 씨가 마당 쪽으로 얼굴을 내밀고, 생긋 웃으며 말을 건넨다.

"어머 재밌는 일이라도 있나 보네요.... 날씨가 별로 안 좋죠. 안녕하세요."

화제의 당사자가 갑자기 들어왔기 때문에 다들 멍하니 쳐다보며 당황한 모습이다. 아무리 말하기 좋아하는 마사 씨라도 지금까지 당신 얘기를 하고 있었다는 말은 차마 못 하고 열심히 새끼를 꼬는 척하고 있었다. 오토요 씨는 붙임성 있게 인사를 건네고 형수한테로 갔다. 베 짜는 기구를 빌리러 온 모양이다.

형수랑 오토요 씨도 거실로 나와 함께 둘러앉아서 고구마를 먹기 시작했다. 빼어난 여자는 신비한 빛을 발하는 법인가 보다. 오토요 씨가 거실로 나오자 그 잠깐 동안 오토요 씨가 그 자리의 중심이 됐다. 자신들도 의식하지 못하는 사이에 모두의 눈길이 그녀에게로 쏠렸다.

턱이 도톰하고 탄력 있어 보이는 오토요 씨의 얼굴은 어딘지 모르게 무게감이 있었다. 수다스러운 마사 씨조차 뒤에서는 이러쿵저러쿵 농담을 하지만 얼굴을 마주 대하면 부끄러워하며 말 한마디 못 한다. 오하마는 오토요 씨가 쇼사쿠에게 마음이 있다는 얘기를 듣자 왠지 오토요 씨와 한층 더 가까워진 것 같아서 그녀에게 바짝 다가앉아 얼굴을 올려다보고 있었다. 쇼사쿠는 일부러 사람들과 떨어져서 고구마를 먹었다. 마사 씨는 오토요 씨 쪽을 훔쳐보며 쇼사쿠를 대하는 그녀의 태도에서 무언가를 찾아내려고 애쓰고 있었다. 하지만 그녀는 마사 씨 따위에게 들킬 정도로 수가 얕지 않았다. 오토요 씨는 쇼사쿠에게는 눈길 한번 주지 않았다. 이윽고 그녀는 오늘 밤은 목욕물을 일찍 데우니까 다들 목욕하러 오라며 어머니를 비롯해 모두에게 인사를 건네고 돌아갔다.

정오가 지나도 비는 그치지 않았다. 만조는 여섯 말의 쌀을 찧어 놓고 놀러 나갔다. 조금 뒤에 세이 씨가 짚을 들고 왔다. 그가 오니 더 이상 오토요 씨 얘기를 할 수도 없다. 오하마를 상대로 마사 씨가 쓸데없는 얘기를 지껄여 대고 있었다. 쇼사쿠는 만조가 한 말을 떠올리지 않으려고 해도 자꾸만 떠올랐다. 행여나 다른 사람들이 자신의 마음을 눈치챌까봐 정말 말도 안 되는 얘기를 떠벌리고 있었다. 하지만 평소와 다른 쇼사쿠의 그런 모습이 훨씬 더 어색해 보였다.

'오토요 씨가 나를 마음에 두고 있다는 게 정말일까? 남편이 있는 오토요 씨가? 있을 수 없는 일이다. 오토요 씨는 반듯한 사람이다. 나 같은 것보다 훨씬 어른스러워. 나를 마음에 두고 있다니 말도 안 돼. 거짓말. 틀림없이 거짓말이야. 그리고 만약 그게 사실이라면 오토요 씨는 겉보기와는 달리 정숙하지 못한 여자인 게 분명해. 아니, 그럴 리 없어. 말도 안 돼. 거짓말. 거짓말이야.'

그렇게 속으로 되뇌어 보지만 짐작 가는 데가 있었다.

'오토요 씨가 나에게 친절한 건 이번 추수 때만은 아냐. 그러고 보니 나루토 축제 때도 좀 이상했어. 또 며칠 전 저녁에도 소매 속에 몰래 무화과를 넣어 줬고. 맞아. 지난

번 벼 베기 때 내가 낫에 손을 베었을 때 오토요 씨는 자기가 쓰고 있던 수건을 바로 찢어서 상처를 싸매 주었잖아. 정말 나를 마음에 두고 있는 게 아닐까?'

되짚어 보니 끝이 없었다. 쇼사쿠는 심장이 뛰고 얼굴이 달아올랐다. 남들이 이상하게 볼 것 같아서 가만히 있을 수가 없었다. 쇼사쿠는 소변이 마렵지도 않았는데 화장실로 갔다. 화장실에 가서도 역시나 그녀가 떠올랐다.

'오토요 씨는 정말 나를 마음에 두고 있을지도 몰라. 그렇다면 오토요 씨는 나쁜 여자다. 남편이 있는 몸으로..... 발칙한 여자야. 못 쓰겠군.'

쇼사쿠는 한편으로는 정말 그렇게 생각했다. 하지만 그건 아무래도 세상의 도리가 그렇다는, 마음 한구석에서 나오는 아주 작고 희미한 소리였다. 두렵고 꺼림칙한 마음에 마지못해 오토요 씨를 부정하다고 말하는 위선에 불과했다. 눈을 감아도 짙은 눈썹에 윤기가 흐르는 검고 풍성한 머리의 오토요 씨 얼굴이 생생히 떠올랐다. 뭐든 다 잘하는, 괜찮은 여자라고 형도 칭찬할 만큼 젊은 여자의 표본이다. 아무리 나쁘게 생각하려고 해도 소용이 없었다. 모든 위선을 헤집고 가슴 속 밑바닥에서 오토요 씨를 추앙하는 목소리가 스멀스멀 고개를 쳐들었다. 아무리 마음속으로 아닌 척하려고 해도 오토요 씨가 싫지 않았다.

'오토요 씨가 정말 나에게 관심이 있으면 어떻게 하지. 설마 남편 있는 여자가.... 오토요 씨는 대체 무슨 생각인 걸까. 말도 안 돼. 오토요 씨가 아무리 괜찮다 해도 남편이 있는 여자인데. 남의 아내인데. 아냐. 말도 안 돼.'

쇼사쿠는 간신히 "이건 말도 안 돼."라고 되뇌며 화장실을 나왔다. 하지만 만약 오토요 씨가 저렇게 다부진 얼굴로 쇼사쿠에게 무슨 말이라도 한다면 방금 입속으로 되뇐 생각은 손바닥의 먼지보다 가볍게 날아갈 것이다. 쇼사쿠는 절로 한숨이 나왔다.

오하마가 다시 돌아온 쇼사쿠의 얼굴을 물끄러미 쳐다보며 무슨 말인가 하려고 하자 당황한 쇼사쿠가 물었다.

"오하마, 고구마 남은 거 없어? 고구마 먹고 싶은데."

"있어요."

"그럼 좀 줘."

결국 쇼사쿠는 새끼도 변변히 꼬지 못하고 고구마도 먹는 둥 마는 둥 고양이를 쫓거나, 일도 없는데 집 주변을 돌아보거나 하며 번잡한 마음을 가까스로 달랬다.

4

저녁 식사가 끝나자 어머니는 감기 기운이 있다며 잠자리에 들었다. 비가 내리는 모양이다. 세토산의 대밭으로 물방울 떨어지는 소리가 난다. 그 대밭 너머로 옆집 어머니가 목욕하러 오라고 부른다.

"예."

오하마가 부엌에서 대답한다. 형 부부가 목욕을 하러 갔다. 쇼사쿠는 거실로 들어가서 신문을 펼쳤다. 소설과 사회면은 그럭저럭 읽을 수 있었다. 이어서 겐지모노가타리*를 읽었지만 집중이 안 돼서 한 줄도 이해할 수 없었다. 쇼사쿠는 책을 든 채 벌렁 드러누워 천장을 쳐다보았다. 천장에서 오토요 씨 얼굴이 아른거렸다.

'오늘 밤은 목욕을 안 가는 게 좋겠지? 그래 가지 말자. 아니, 가면 어때. 아냐, 아냐, 안 가는 게 나아.'

가지 않으려고 하는 건 윤리적인 쇼사쿠이고 가고 싶어 하는 건 육체적인 쇼사쿠라고 해야 할까. 한편으로는 안 가는 게 좋겠다고 하지만, 다른 한편으로는 가고 싶은

---

* 무라사키 시키부가 창작한 헤이안 시대 중기의 장편 연애 소설.

마음을 도저히 억누를 수가 없었다.

'혹시나 오토요 씨가 몰래 목욕통 쪽으로 와서 무슨 말이라도 하면 어쩌지.'

이런 생각을 하니 무언가 꺼림칙하고 겁이 나서 심장이 두근거렸다. 다시 귓불이 후끈거렸다.

"안 가는 게 좋겠어. 그래, 가지 말자."

이렇게 입속으로 중얼거려 본다. 가고 싶은 티를 내지도 가고 싶다는 말을 꺼내지도 않았지만, 그 힘은 강력접착제처럼 마음속에 달라붙어 도저히 떠나지 않았다. 결국은 지쳐 멍한 상태가 되었다.

"쇼사쿠, 쇼사쿠, 물이 좋던데. 잠깐 다녀오지 그래. 옆집에서 기다리던데."

형수가 부르는 소리에 벌떡 일어난 쇼사쿠가 앞뒤 가리지 않고 뒷문 쪽 대밭의 어둠을 뚫고 옆집으로 달려갔다.

목욕통은 뒷문 출구 쪽에 놓여 있었다. 주변은 깜깜했지만, 워낙 자주 왔던 집이라서 발로 더듬어 갈 수 있을 정도였다. 목욕통 앞까지 오니 활활 타는 아궁이 불에 뒷문 입구도 보였다. 쇼사쿠는 살짝 열린 문 사이로 "실례하겠습니다."라며 안으로 들어갔다. 거실 쪽에서는 노인들 서너 명이 큰 소리로 떠들고 있었다. 쇼사쿠가 온 걸 모르는 모양이다. 마당 쪽으로 돌아가 보니 그을려 검붉어진 장지문에 비치는 불빛이 마치 기름종이를 비춰 보는 듯 밝았다. 장지문 밖에서 쇼사쿠가 인사를 건넸다.

"안녕하세요. 목욕하러 왔습니다."

"쇼사쿠 왔니? 잠깐 들어와 봐라. 지금 아주 재밌는 얘기를 하는 중이니까."

세이 씨의 어머니가 말을 건넸다. 기헤 할머니와 고로베 할머니, 시치베 씨네 할아버지도 있었다. 다들 목욕을 끝내고 나서 한창 이야기에 빠져 있었다. 누군가 장지문을 열자 다들 쇼사쿠에게 아는 체를 했다. 세이 씨는 이로리* 옆에서 널브러져 자고 있었다. 오토요 씨만 보이지 않았다. 안도감과 실망감이 동시에 밀려왔다. 쇼사쿠는 목욕통이 비어 있다는 말을 듣고 그쪽으로 갔다. 목욕물을 데우는 불은 약했지만 "칙, 칙." 소리를 내면서 타고 있었다. 목욕통 뚜껑을 들추어 보니 때가 잔뜩 떠다니고 있었다. 꽤 많은 사람이 몸을 담갔던 모양이다. 쇼사쿠는 목욕통 안으로 들어갔다. 일단 들어가고 나니 때는 그다지

---

* 난방 및 취사용으로 불을 피우기 위해 마룻바닥을 사각으로 파내 만든 장치.

신경 쓰이지 않았다. 온도도 적당했다. 가만히 몸을 담그고 있자니 머릿속이 멍해졌다. 오토요 씨도 잠시 잊을 수 있었다. 빗방울이 굵어진 모양이다. 메밀잣밤나무 잎을 타고 떨어지는 빗소리가 어둠 속에서 쓸쓸하게 울렸다. 거실의 이야기 소리가 선명하게 들렸다. 쇼사쿠는 목욕통 가장자리에 머리를 기댄 채 눈을 감고 거실에서 들려오는 얘기에 귀를 기울였다. 아니나 다를까 그 시끄러운 소리 속에서 오토요 씨의 목소리를 찾아내려 하고 있었다. 고로베 할머니의 목소리가 들렸다.

"그 가네 씨 부인이 어제 아주 제대로 한판 벌인 모양이야."

"어디서? 그 집 부부 싸움이야 새삼스러울 것도 없잖우."

"그런데 어제는 정말 볼만했다니까. 쓰베의 사다님 네 절에서 말야. 덤불 속에서 큰 도박판이 벌어졌는데 가네 씨도 거기에 있었다지 뭐요. 그걸 누군가 그 안사람에게 일러 줬으니 마누라가 흥분해서 아주 난리법석을 쳤다잖우."

"아, 도박장에서?"

"그 처 입장에서야 그럴 만도 하지. 올해가 풍년이라고는 해도 소작료 내고 부조 내고 이것저것 쓰고 나면 두 섬

밖에 안 남을 텐데. 술 퍼먹고 노름판까지 기웃거리니 안 사람이 가만있겠냐고."

"그건 그렇다 치고. 그래서 어떻게 됐는데?"

"그 마누라가 눈이 홱 돌아서 '이런 개자식아, 먹을 쌀도 없는데 도박을 해?'그렇게 고함친 것까지는 좋았는데...... 달려들고 보니 그게 자기 남편이 아니라 사다 님이었다는구먼. 그 사이에 그 남편은 도망가 버렸지 뭐야. 사람들이 그만하라며 그 마누라를 붙잡았는데 흥분을 가라앉히고 보니까 모르는 사람이라서 그 여자도 당황한 거지. 그런데 사다 님의 대처는 역시 남다르더군. '아내 입장에서는 그럴 만도 하지. 가네 씨가 잘못했네. 가네 씨, 이봐 가네 씨 어딨어?' 라고 하니까 가네 씨도 민망해하며 제자리로 돌아왔다는군. 그랬으니 얼마나 볼만했겠냐고."

"정말 재밌었겠네."

모두 일제히 웃는다.

"웃기는 일이 하나 더 있어. 가네 씨가 민망해하는 기색도 없이 일어섰거든. 사다 님에게 사과하고 말이야. 그러면서 자기 마누라의 머리를 두어 번 쥐어박았는데, 마누라 쪽에서는 뭐가 날라왔나 하는 대수롭지 않은 표정이었거든. 그런데 사다 님이 되려 '무슨 짓이야. 내 앞에서 안사람을 때리다니.'라고 소리를 지른 거야. 둘 다 멋쩍어하는데 그 모습이 얼마나 우스운지."

"그랬어? 그런데 내가 어제 저녁나절에 그 집에 들렀더니 추수가 끝나서 떡을 했으니 먹고 가라는데 죽이 척척 맞던데."

"하긴 그 집 마누라는 늘 그런 식이긴 해. 누가 부창부수 아니랄까 봐. 아하하하."

곧이어 다음 이야기가 이어지는지 아주 시끌벅적했다. 쇼사쿠도 이야기에 빠져들어서 웃고 있었는데 조금 열려있는 문 사이로 여자의 하얀 얼굴이 불쑥 나왔다. 쇼사쿠가 놀랄 틈도 없이 목욕통 앞까지 다가온 오토요 씨가 작은 소리로 "안녕하세요."라고 인사를 건넸다.

숨이 턱 막힌 쇼사쿠가 아무 대꾸도 못 하고 있는데 오토요 씨가 속삭이듯이 물었다.

"목욕물이 미지근하지는 않아요?"

"아... 뭐..."

"조금 데울까요?"

오토요 씨가 목욕통 앞에 웅크리고 앉아 불을 피웠다. 불이 타오르자 금방 틀어 올린 것 같은 오토요 씨의 올림 머리가 아름답게 반짝거렸다. 쇼사쿠는 너무 떨려서 아무 말도 할 수 없었다.

　"오토요 씨는 벌써 목욕을 하셨..."

　입 속에서 웅얼거리기만 할 뿐, 소리가 입 밖으로 나오지는 않았다. 오토요 씨가 마침내 일어섰다.

　"아 춥다. 손 시려."라며 하얀 두 손을 목욕통 속으로 집어넣었다. 쇼사쿠는 오토요 씨의 손이 닿으면 안 될 것 같다는 생각을 한 것도 아니지만, 왠지 두려워서 뒤로 몸을 뺐다.

　"쇼사쿠 씨, 등, 밀어 드릴까요?"

　"아...."

　"쇼사쿠 씨, 수건 좀 줘 보세요."

　오토요 씨가 숨죽여 말하는 바람에 쇼사쿠는 더 두려워졌다. 두렵다는 것이 다른 뜻은 아니다. 경험이 있는 사람 누구나 다 아는 그런 두려움이다. 쇼사쿠는 오토요 씨에게 수건을 건네주고 나서 탕 속에 몸을 담그고 있었다. 오토요 씨가 몸을 살짝 숙여서 탕 속에 두 손을 넣고 있었기 때문에 두 사람의 얼굴은 두세 뼘 정도로 가까워져 있었다. 엷게 화장을 한 듯한 그녀에게서 말할 수 없이 좋은 향기가 났다. 평소에 늘 보던 하얀 얼굴이지만, 밤에 봐서 그런지 얼굴 자체가 무슨 향기 덩어리인가 싶을 만큼 아름다웠다. 그녀의 숨소리가 어렴풋이 느껴지자 쇼사쿠는 갑자기 뱃속 어딘가가 불로 지진 듯 얼얼해졌다.

좀 전에 쇼사쿠가 정숙하지 못한 여자, 정말 나쁜 사람이라고 했던 오토요 씨에 대한 생각은 말끔히 사라져 버렸다. 지금은 그저 홀려서 넋이 나가 있을 뿐이었다. 사람들 얘기 소리도 빗소리도 전혀 들리지 않았다. 꿈꾸는 듯한, 취한 듯한 말로 표현할 수 없는 기분이었다. 온 마음을, 아니 온몸을 오토요 씨에게 빼앗겨 버린 상태였다. 이제 쇼사쿠는 지금 그녀가 무슨 짓을 해도 그대로 맡기고 있을 수밖에 없었다. 거스를 힘도 완전히 사라져 버린 것이다. 여자는 정말 무서운 존재이다.

오토요 씨가 "여기요."라고 속삭이며 수건을 건네주었다. 그리고 들릴 듯 말 듯 더 작은 소리로 "쇼사쿠 씨."라고 불렀다. 그 목소리 역시 떨리고 있었다. 쇼사쿠는 대답조차 할 수 없어서 그저 오토요 씨의 얼굴만 뚫어져라 쳐다보고 있었다. 그때, 거실 쪽에서 시어머니가 그녀를 불렀다. 오토요 씨는 말없이 몸을 돌려서 문 안으로 들어갔다. 들어가고 나서 "예."하고 대답을 했다.

"목욕물이 식지 않았는지 좀 봐라."

"예."

다시 나온 오토요 씨가 "쇼사쿠 씨, 물이 좀 미지근하죠? 편히 계세요. 지금 불을 피울 테니까."라며 명랑한 목소리로 말했다.

주변을 신경 쓰지 않는 목소리다. 장작 두세 개를 아궁이에 넣고 불을 붙였다. 쇼사쿠는 그것과 상관없이 목욕통에서 나와 옷을 걸치고 있었다.

"그만 하게요? 물이 좀 미지근했죠?"

쇼사쿠는 맥이 풀려서 대답도 제대로 못했다. 게다가 오비가 잘 묶이지 않아서 허둥대고 있었다. 오토요 씨가 벌떡 일어섰다. 코끝에 닿을 듯 가까워진 그녀의 머리에서 향기가 났다. 그녀가 속삭였다.

"얼마 전에 친정에서 감을 보내 주셨어요. 몇 개 드릴게요."

오토요 씨의 차가운 머리카락이 뜨거워진 쇼사쿠의 볼에 스쳤다. 머리카락이 얼굴에 닿자 가까스로 진정되었던 쇼사쿠의 욕망이 끓어오르며 그녀가 애처로워서 견딜 수 없는 기분이 되었다. 오토요 씨는 쇼사쿠의 소맷자락 속에 감을 집어넣고 그의 손을 잡았다. 이런 일이 처음인 쇼사쿠는 그 손을 맞잡지도 못하고 그저 잡힌 채로 어쩔 줄 몰라 했다. 쇼사쿠의 손에 한층 힘이 들어가는가 싶자 오토요 씨는 그대로 손을 놓고, 사뿐히 몸을 돌려 집 안으로 사라졌다. 잠시 꿈을 꾸는 것 같았던 쇼사쿠는 퍼뜩 정신이 들었다. 더 이상 여기 있으면 안 되겠다는 생각에 서둘러 집으로 돌아왔다. 쇼사쿠는 그날 밤 도저히 잠을 이룰 수 없었다. 이런저런 온갖 망상이 가슴속에서 부글거렸다. 따뜻한 꿈을 부드럽고 폭신폭신한 비단으로 감싼 것 같은 말로 표현할 수 없는 기분이 들다가도 곧바로 깊고 두려운 죄의식이, 도저히 견딜 수 없는 고뇌가 밀려왔다.

'아무리 생각해 봐도 오토요 씨는 남의 아내다. 남편이 있는 여자다. 남의 아내를 마음에 두다니 이게 무슨 짓이란 말인가. 멍청한 놈, 파렴치한. 어떻게 그런 짓을 할 수 있지. 아, 싫다. 하지만 오토요 씨는 절대로 나쁜 사람이 아니다. 추한 여자는 더더욱 아냐. 추하다니 말도 안 돼. 오토요 씨 같은 여자는, 저렇게 친절한 여자는 세상에 없어. 저렇게 똑 부러지는 오토요 씨가 도대체 왜 그런 집으로 시집을 온 거지. 중매쟁이에게 속았다던데 정말 그런가? 그렇다고 세이 씨와 사이가 좋은 것도 아니고. 오토요 씨는 좋은 사람이고 가엾은 사람이다. 어떻게 하면 좋지? 서로 마음에만 품고 아무것도 하지 않으면 되는 거 아닌가? 하지만 그걸로 둘 다 만족할 수 있을까? 설사 그렇다고 해도 결국은 무의미한 거 아닌가? 아무리 생각해 봐도 결론은 뻔해. 오토요 씨랑 내가 아무리 서로를 좋아한다 해도 아무것도 할 수 없으니까. 감정은 어쩔 수 없는 거 아니냐고, 그저 서로를 생각만 할 뿐이라고 변명해 봐도 죄라는 사실은 변함없어. 소문이라도 났을 때 둘이 받게 될 비난은 또 어떤가. 정말 어리석은 짓이다. 그래. 오토요 씨에게 잘 말해서 쓸데없는 생각을 그만두게 하자. 그것밖에 없어. 그런데 그녀가 내 말을 들을까? 도대체 그녀는 무슨 생각인 걸까. 사리 분별을 잘하는 오토요 씨가 남편이 있으면서 그런 짓을 한다는 건 말도 안 돼. 하지만 아무리 생각해 봐도 그녀는 좋은 사람이다. 사랑스러운 사람이야. 그녀를 위해서라면 나는 죄인이 돼도 좋다. 천하의 파렴치한이 돼도 좋아. 그녀만 괜찮다면. 아아, 어쩌지.'

쇼사쿠는 아침 닭이 울 때까지 잠들지 못했다. 기둥에 묶인 개가 주위를 돌다가 다시 제자리로 오듯이 멍청한 생각을 수백 번씩 반복하고 있었다. 헤엄칠 줄 모르는 사람이 깊은 물속에 빠진 것처럼 쇼사쿠는 지금 꼼짝달싹도 할 수가 없었다. 오토요 씨의 사랑의 마수에 걸려 아무리 발버둥을 쳐도 소용없었다. 자신의 결심만으로 어떻게 될 수 있는 것이 아니었다.

5

이제 쇼사쿠에게 오토요 씨는 더 이상 짝사랑의 상대가 아니었다. 옆집이다 보니 아무래도 마주칠 일이 많았다. 모르는 척하면서도 미소 속에서 서로 마음을 주고받으며 꿈길을 걷는 듯한 날들을 보냈다. 완전히 빠져서 넋이 나간 쇼사쿠가 무모한 행동을 할 뻔한 적도 있었지만, 그럴 때는 똑 부러진 오토요 씨가 잘 달래서 부정한 짓을 저지르는 일은 없었다.

오토요 씨의 행위는 천박한 음행이라는 비난을 받아도 할 말이 없을지 모른다. 하지만 그 속사정을 알고 보면 동정이 가기도 한다.

오토요 씨는 중매쟁이에게 속아서 옆집으로 시집을 왔다. 그녀의 친정은 중상농 이상의 집안인데 옆집은 거의 소작농이나 다를 바 없었다. 거기다 남편 세이로쿠는 불성실한 데다 멍청하기까지 했다. 시집오고 나서야 모든 사정을 알게 된 오토요 씨는 바로 친정으로 돌아갔다. 그런데 자수성가한 오토요 씨의 아버지가 말했다.

"열심히 일하면 재산이야 얼마든지 모을 수 있는 법이다. 일단 인연이 있어서 시집을 갔으니 단지 재산이 없다는 이유만으로 이혼할 수는 없지 않겠니. 그렇게 박정하게 굴면 안 된다."

이런 아버지 때문에 오토요 씨는 마지못해 다시 돌아왔다. 세이로쿠가 아버지 말처럼 재산이 없어도 남자답기라도 했다면 오토요 씨도 그렇게 속이 타지는 않았을 것이다. 그런 상황에서 이웃인 쇼사쿠 집안과 자연스럽게 왕래가 잦아졌고 쇼사쿠가 온화한 인품에 다부진 면도 있고 교양 역시 세이로쿠와는 비교도 안 된다는 것을 알게 된 것이다. 게다가 오토요 씨와 마음이 통하는 부분도 있어서 자신도 모르게 쇼사쿠에게 마음이 갔다. 그녀는 몰래 쇼사쿠를 훔쳐보거나 그의 목소리라도 들으면 마음속 울분을 가라앉힐 수 있었던 것이다. 그러면 안 된다는 걸 알면서도 옆집을 드나들었고 그렇게 반년이 지났다. 12월 중순 무렵 쇼사쿠에게도 혼담이 들어왔고 데릴사위로 가게 되었다. 쇼사쿠는 오하마의 주선으로 오토요 씨와 만나 지금까지의 관계를 정리했다.

속마음을 터놓고 나니 서로에 대한 애정을 한층 더 느낄 수 있었다. 하지만 세상의 관습을 거스를 수 없었기에 헤어져야만 했다. 남자끼리였다면 만남을 지속할 수 있었겠지만, 남자와 여자이다 보니 그럴 수가 없는 것이다. 정말 웃기는 세상이다. 자기 몸과 마음을 자기 마음대로 할 수 없다니 인간이란 어찌 보면 정말 하찮은 존재인 것이다. 상대를 잘 알지도 못하면서 그저 결혼을 해야 한다는 이유로 연을 맺고 기계처럼 사는 것이 윤리라면 윤리는 인간을 목 졸라 죽이는 도구에 지나지 않는다. 두 사람은 손을 맞잡고 눈물을 흘렸다. 언젠가 신의 은혜로 구원을 받게 된다면 그때는 하나가 되자고 약속했다.

그러고 나서 이틀 뒤, 오토요 씨는 친정으로 가 버렸다. 그리고 다시는 옆집으로 돌아오지 않았다. 쇼사쿠도 데릴사위로 가기는 했지만, 오토요 씨와의 소문 때문인지 이혼당하고 말았다.

역자 후기

<일본문학 컬렉션>의 여섯 번째 기획은 다니자키 준이치로, 아쿠타가와 류노스케, 다자이 오사무, 고사카이 후보쿠, 나카지마 아쓰시, 오카모토 가노코, 이토 사치오, 일곱 작가의 단편소설 열한 편을 『안녕, 나의 그대』라는 제목으로 묶어보았다.

순애보이지만 불륜이 될 수밖에 없는 로맨스
「이웃집 아내」와 「가을」, 「여름밤의 꿈」, 「불쌍한 사모님」
착각 혹은 오해에서 비롯된 로맨스
「은어 아가씨」, 「협죽도와 여인」
그리고 사랑의 절정과 파국을 처절하게 혹은 유머러스하게 그려낸 로맨스
「게사와 모리토」, 「연애 곡선」, 「창문」, 「문신」, 「굿바이」

이 책에 실린 작품들은 결코 해피엔딩을 맞이하지 못하는 다양한 모습의 사랑 이야기라고 할 수 있다. 부제가 말해주듯이 '사랑하고 헤어지고 스쳐 지나가고 엇갈리는' 남녀의 로맨스 모음집이다.

백 년 전의 사랑 이야기.

진부할 거라는 선입견이 있었다. 하지만 그 시대의 작품을 한국어로 옮기는 내내 드는 생각은 시대의 관습이나 표현 방식에는 차이가 있을지언정 사랑이라는 인간의 감정 자체는 백 년 전이나 지금이나 큰 차이가 없다는 것이었다.

사랑이 시작되면서 느끼는 설렘과 사랑에 빠져 맹목이 된 절정의 순간, 그리고 사랑이 끝난 뒤에 찾아오는 허무와 죄책감, 이루지 못한 사랑에 대한 안타까움과 아쉬움.

이러한 감정이 절묘하게 표현된 것이 아쿠타가와 류노스케의 「가을」의 한 장면이라고 할 수 있다.

사랑하는 남자를 여동생에게 양보하고 다른 남자와 결혼한 여주인공 노부코는 여동생이 그 남자와 결혼한다는 소식을 듣게 된다.

"데루코와 슌키치는 섣달 중순에 결혼식을 올렸다. 그날은 정오 무렵부터 희끄무레하게 눈발이 날리기 시작했다. 홀로 점심 식사를 마친 노부코의 입안에 생선 냄새가 계속 남아 있었다.
(중략) 눈발이 점점 더 강해졌다. 하지만 입안의 비린내는 끈질기게 사라지지 않았다."

미련, 후회, 질투.
그녀의 복잡한 감정이 입안에 남아서 끈질기게 사라지지 않는 '비린내'로 묘사되고 있는 것이다.

도저히 말로는 표현할 수 없을 것 같은 복잡 미묘한 감정이 작가들의 글로 구현될 때 그야말로 '아하!'하고 무릎을 치게 될지도 모르겠다. 일본문학을 대표하는 작가들의 섬세한 감성이 사랑에 얽힌 다양한 감정들을 어떻게 구체화하여 표현하고 있는지 주목하여 『안녕, 나의 그대』를 읽어 보면 색다른 독서의 즐거움을 느낄 수 있을 것이다.
일상에 지쳐 힘이 들 때, 타인에게 상처받고 외로움을 느낄 때 무엇보다 위로가 되는 것이 사랑의 감정이 아닐까 싶다. 독자들이 이 책을 통해 사랑을 둘러싼 다양한 감정을 느껴볼 수 있기를 바라며 그 속에서 조금이나마 위안을 얻을 수 있다면 더할 나위 없이 기쁠 것 같다.

끝으로 이 책이 나오기까지 격려와 지지를 보내주신 ㈜글로벌콘텐츠출판그룹의 대표님과 이사님 그리고 편집자님에게도 감사의 마음을 전한다.

2024년 늦은 봄날에

서 홍

일본문학 컬렉션 06

안녕, 나의 그대

일본문학 컬렉션 06

안녕, 나의 그대

© 작가와비평, 2024

1판 1쇄 인쇄__2024년 08월 20일
1판 1쇄 발행__2024년 08월 30일
지은이__다니자키 준이치로·아쿠타가와 류노스케·다자이 오사무·고사카이 후보쿠
　　　　나카지마 아쓰시·오카모토 가노코·이토 사치오
옮긴이__안영신·박은정·서홍
펴낸이__홍정표
펴낸곳__작가와비평
　　등록__제2018-000059호

공급처__(주)글로벌콘텐츠출판그룹
　　　대표__홍정표 이사__김미미
　　　편집__임세원 강민욱 남혜인 홍명지 권군오　기획·마케팅__이종훈 홍민지
　　　주소__서울특별시 강동구 풍성로 87-6
　　　전화__02-488-3280 팩스__02-488-3281
　　　홈페이지__http://www.gcbook.co.kr 메일__edit@gcbook.co.kr

값 15,000원
ISBN 979-11-5592-321-4 03830